U0903231

图书在版编目 (CIP) 数据

前往第二故乡 / 覃仙球主编 . — 南京 : 译林出版社 , 2017.12

ISBN 978-7-5447-7210-5

I. ①前… II. ①覃… III . ①散文集 – 中国 – 当代 IV. ① I267

中国版本图书馆 CIP 数据核字 (2017) 第 302116 号

前往第二故乡 / 覃仙球主编

出品人 叶 莺
主 编 覃仙球
责任编辑 陆志宙
特邀编辑 张芳源
装帧设计 刘晓青

出版发行 译林出版社
地 址 南京市湖南路 1 号 A 楼
邮 箱 yilin@yilin.com
网 址 www.yilin.com
市场热线 025-86633278
印 刷 山东临沂新华印刷物流集团
开 本 787mm×1092mm 1/16mm
印 张 6.75
字 数 229 千字
版 次 2017 年 12 月第 1 版 2017 年 12 月第 1 次印刷
书 号 ISBN 978-7-5447-7210-5
定 价 39.80 元

Contents

1

离开故乡的东北年轻人

008

一百多年前，人们从河北向东越过柳条边，从山东渡海到达辽东半岛，甚至经过俄国沿江而上到达黑龙江，这些移民给东北带来了充足的劳动力和财富，而现在，大批的年轻人为了追寻更好的生活离开东北。

现代异乡人的自愈行囊

070

任何物件都可能承载相关的记忆，每个人都有各自的收存方式。对于生活在他乡的人而言，夹杂在忙碌拼搏生活里的乡愁纪事，寄托此类情绪的物件也可以始终与现实并存。

Contents

2

灵光已逝的故乡和小镇少年

078

我的生活一直在乡野和城市之间交替。长大后因为种种工作的因素，我更多是在城市里生活。对于乡野越来越像是一种理想。它的景象在时过境迁的很多年后，似乎还停留在记忆里。

在游走中酝酿萌生的艺术畅想

092

虽说我在成长中深知一切都是潜在的艺术项目，但从未想过自己会成为一位艺术家。我没有兴趣去创作能在美术馆或画廊中展出的作品。记忆中我最早想做的，是我在日本的家旁边的西饼屋中那个女孩的工作。

LITERATURE

Editor's Notes

一次看似叛逆的回归

决定做这本书的时候，时间已经来到了 2017 年，二十一世纪过去了六分之一，中国移动互联网用户超过十亿，一部智能手机几乎足以涵盖生活的方方面面，社交网络无孔不入，直播网红遍地开花，人工智能战胜围棋顶尖高手，互联网创业风生水起又迅速死了一大片，内容创业带来无数个阅读十万加，一部网剧点击几百亿，相对应的，是传统行业集体凋零，传统媒体纷纷倒闭。

科幻小说想到的没想到的，都一股脑儿涌进我们的生活里。这是一个极为丰富的时代，也是一个极其匮乏的时代。

在此之前，叁学社已经出了五本纸质独立书《叁》。从第一天起，就有无数怀疑的声音此起彼伏：在纸质阅读衰落的时候，你们为什么反而要做纸质读物？能赚到钱吗？你们为什么不做成本更低的电子读物？为什么不全力去做更容易火的公众号头条号？为什么不做可以吸引大笔投资的创业项目？

其实我们的初衷很简单：在十几二十几岁的年纪里，我们没有遇到特别适合自己年龄段和口味的中文读物，那不如自己做吧。

《叁》做到第五辑的时候，叁学社的创始人先后从大学毕业了，接触到了更加广阔和真实的社会，团队也有了新的血液加入。这时再继续做充满学生气、纯文艺、文化类的书，开始显得有些不合时宜——和现实相比，它显得太轻飘了。“到底要做一本什么样的书？”这样的问题渐渐浮现在我们的脑海里。

如果说，以前主要是为了自娱自乐小打小闹，现在的我们，更想把它做成真正的书。

长达几个月的讨论，一个新的书籍系列浮出水面，我们将这个系列命名为“Naive 小样”——“Naive”意为幼稚，包含着一种天真的冲动，而“小样”除了戏谑的“小样儿”之意，还代表了“年轻原始创作冲动的草样”，一种自由、稚嫩、不成熟而又勇敢、有独创性的表达。

这个系列的口号是“保持天真，拒绝愚蠢！”在我们的构想中，它是这样的读物：它是年轻人的姿势、态度和声音，包括年轻人的生活，对艺术和设计的审美，对生活和世界的观察、思考和创造；它系统、持续地关注当代年轻人的方方面面，从年轻人的角度进行表达，成为关于当代年轻人生活状态、审美、思想的“切片式的存在”。

……

年轻人的世界，并非仅仅充斥着八卦、追星、时尚、吃喝玩乐、自拍、点赞、成功学、买房买车、婚嫁、育儿……还有某一群年轻人，依然在阅读，思考，发问，创造，不放弃对“深邃永恒的美”和“智慧有趣的灵魂”的追求。

也许这一群年轻人，也在寻找这样一本读物。热爱纸质阅读的人，并不会因为电子时代的到来而消失。这本书，就是为依旧热爱纸质阅读和思考的年轻人准备的。

在众人降落的地方起飞，在纸质阅读急速衰落的时代创办纸质读物，也许看起来是某种叛逆而又冒险的行为。但年轻人本来就应该是叛逆和勇于冒险的。在这个处处急于炒热点、赚快钱的时代，也许它不一定赚钱，但它会是一本有价值的书籍。因为它可以成为“某一部分”年轻人小小的精神家园——就像我们这一辑的主题，“前往第二故乡”。如果你在“现实”这个“第一故乡”里没有找到你想要的东西，也许这本书能成为你心之所寄的“第二故乡”。

最后絮叨几句这一辑的主题，“前往第二故乡”。之所以选择这个主题，也是因为，这是一个变迁频繁的时代，越来越多的人在一生中需要面临多次迁徙——主动或者被动，“故乡”不再是一个恒常不变的概念。前往第二故乡，既意味着告别，更意味着新生，不仅仅是地理的变迁。也是精神的变迁，在这个过程中，可以看到勇气、阵痛、迷茫和希望。变迁发生时，人们往往来不及考虑得失，只有尘埃落定之后，才会浮现出百般况味，但仍然只能继续向前。这何尝不是一种冒险?

谨以此，向所有勇于冒险的人致敬!

001 · 前往第二故乡

The Youths from Northeast
离开故乡的东北年轻人

文Writer_马特&范清 摄影Photographer_董二昊

我们来这儿就是为了赶紧挣钱

如果没有九十年代的工人下岗，老孟现在应该依然会在某国企钳工车间的低效工作中享受科长级别的生活。

九十年代东北工人下岗浪潮的时候，老孟还不到三十岁。生活无望加之女儿上学的经济压力，使他选择了带着钳工技术来北京打工。市场小商贩、维修自行车、低档建材装修、社区服务等工作是当时东北下岗工人的普遍选择，没什么技术的年轻人则选择了夜总会、洗浴中心、酒吧等服务行业。

“我这叫啥北漂呀，我来北京那时候根本都没这个词，就是来打工干活的。大学生有资格漂，我们来这就是为了赶紧挣钱。”每次有人用“北漂”调侃老孟时，他都如此自嘲一番。

在北京的二十年里，老孟换过很多次地儿。最开始他凭借自己的钳工技术在一家加工铝合金材料的私人小工厂找到了工作。工厂在东四环外，现在已经变成欢乐谷游乐园附近的大型繁华居民区。老孟如今所在的小工厂在百子湾火车东站附近——当年这里是城乡结合部的东郊工厂仓库区，如今是北京最著名的文化媒体人士、小明星、小模特、小二奶、同性恋者聚居地。

老孟的女儿小孟也在北京，但不和父母住在一起。

二十四岁的小孟刚刚北漂两年，她在家乡大专毕业后进了一家事业单位幼儿园当了老师。不到一年，小孟因为没有幼教学历被辞退，跟着父亲到了北京。小孟的母亲也一起来了北京，当钟点工保洁。

在从事了公司前台、淘宝模特等多份职业后，小孟现在是某直播平台主播。

东北其实没有那么多社会嗑儿[1]

对于网络主播是否大多为东北人这一点，并没有来自直播平台的确切数据予以支持，因为相当一部分东北主播都是人在外地，填写的地址也并非东北地名（以北京市朝阳区居多），也就无法被系统归类统计。

但不可否认的是，像小孟这样进入互联网表演行业的东北人是一个庞大的群体。有句网络俚语“直播养活东三省”，虽然夸张，但东北人在网络直播领域的势力可见一斑。

东北一直有着繁荣的影视艺术表演传统，也是国家专业艺术院团聚集的地方，比如吉林市歌舞团从1998年到2017年就一直是央视春晚御用舞蹈团队。近年来最知名的音乐选秀节目，来自东北的选手也占到了几乎一半。

东北经济走向衰落之后，大量专业院团的演员和学生纷纷到关内谋生，进入平面模特、酒吧歌手、网剧演员、夜总会伴舞等领域，他们的触角也就顺理成章延伸到了互联网表演行业。

对于外地人眼中的东北人形象，小孟觉得很无奈的一点是，东北人自己分不出好赖，乐于迎合外地人的喜好。有一次小孟在直播间和另一位在北京的东北籍主播“老妹儿冬冬”连麦，对方的口音故意很重，很多聊天的内容都是来自赵本山出品的各类小品和影视剧。观众们很喜欢听那种彪呼呼的东北话，一直在起哄挑逗她俩对掐。

直播后老妹儿冬冬找到小孟直接批评她：“你别老板着口音行不行，观众就爱听东北话，你多看看那些电视剧学学里面的东北话，下次要再放不开没法跟你连麦了。”

“其实我在老家的时候说话口音并不重，也没有那么多社会嗑儿，但在看直播的人眼里，东北人都是黑社会大哥和剥蒜老妹儿，他们爱看这种形象。我觉得一些流行的东北人形象根本就是外地人发明的，然后东北人自己也分不清好赖，觉得好玩儿就跟着模仿。”小孟想起之前的几份工作，老板都会提醒她在客户面前一定要收敛口音，东北口音太重会显得土气不专业。

在媒体尤其是亚文化媒体的反复渲染下，东北人最终变成了猎奇的素材库：一群没受过高等教育、审美落后、智力低下甚至有精神病倾向的土潮男女，在吃烧烤、搞破鞋、二人转荤笑话、喊麦、买貂、扒蒜、喝大酒、吹牛逼、你瞅啥、街头斗殴中了此一生。

“其实我们很多东北普通人真不是那样。”小孟忍不住“喊冤”。

小孟说，她公司还有一个东北男孩儿，专门演反串，直播的时候穿女装、化浓妆、戴假发，穿袒胸露乳或者特别“雷人”的服装——皮胸罩、鲜艳的露脐装、红绿大花被面裙子、古装或者清装，自称“本宫”和“老娘”。“他现实中就是一个两百斤的胖子，挺老实的，但演反串恶搞观众爱看，来钱快。以前只有二人转里反串比较多，后来二人转流行了，大家就都觉得东北男的会演反串。东北也就越来越多男的出来演反串，因为容易火。”

跟小孟连麦的东北人老妹儿冬冬比小孟大一岁，做网络直播的两年里换过三个平台，目前算是日常人气在五六千以上的小网红。她是黑龙江最好的艺术院校专业播音系出来的，毕业后通过家里的关系去了油田电视台当主持人，主要工作是报道油田领导的讲话、视察和先进工作者的事迹。

近几年油田效益越来越差，最先受影响的就是这些附属的事业单位，经费减少导致电视台节目陆续停播，员工们上班只需要签到，然后就在座位上玩手机看视频消磨一整天，每月拿一个很低的基本工资……在东北，大庆、鞍山、抚顺等一大批传统资源型城市，都面临着这样的现状。

人挪活，树挪死，不愿领基本工资的冬冬辞了职，只身来到北京，开始了网络主播的生涯。运气好的时候，一天就能挣到之前一个月的工资，两三个月买一个名牌包——“这是真的，不骗你。专柜买的。我才不相信那些代购。亲自去专柜买多有面儿。”

“你能听出我的东北口音其实是装的吗？《乡村爱情》里面的口音都是辽西辽北，我们黑龙江才没那种特别侉的口音，但外地观众都爱听那种经典的东北话，我就得跟着学。对我们播音主持专业的来说，学口音太容易了。小孟她家那边就这个口音，她自己还板着不说。”老妹儿冬冬在节目之外是很标准的普通话。

现在回到东北觉得自己挺格格不入

在外地因为种种原因不愿主动提及或挑明自己故乡的东北人并不少，比如小孟和老妹儿冬冬所在的直播平台的技术经理阿松。他刚刚二十八岁，已经北漂了六年。

① 混社会的人的聊天方式。

阿松大学时在南方就读信息管理专业，毕业后到了北京一家门户网站工作，今年刚刚跳槽到这家直播平台。在北漂当中，阿松这种年薪三四十万已经买房成家的人，算是成功人士了。

对于故乡，阿松并没有很深的情感，这也是他努力想留在北京的原因。“我看过很多关于东北的文章，都提到工人下岗，但我觉得他们说的都太片面。那个年代国营工人就是世袭的利益集团，享受着很高的福利，这个体制到现在依然是这样，只不过换了一批人而已，如果不被打破，东北现在照样完犊子。”

“我现在回到东北觉得自己挺格格不入的，说不出来哪儿不对劲，不管是亲戚聊天还是朋友聚会，都聊不到一块儿去了。在自己出生长大的地方反倒像个外地人。”但在北京，他也没有归属感。他成了一个在哪儿都找不到归属感的人。

像阿松这样的高级技术人才在东北是稀缺的，也是人才外流的主体。相关资料显示，辽宁的高级人才仅占职工总数的百分之三点五，在上海这个比例是百分之二十八。

在北京，阿松基本不会提及自己是东北人，也不会主动和其他的东北人攀老乡关系。刚来北京的时候公司聚餐，同事们一听说阿松是东北人，纷纷说东北人能喝酒，让阿松直接对瓶吹，但阿松恰恰不能喝酒，当场就被嘲笑了。

“在东北，酒蒙子并不是啥好词，结果在外地，人家以为东北人全都是酒蒙子。”阿松一直觉得“能喝酒”对东北人的形象来说不是什么好事。

同样不愿彰显自己东北人身份的凡哥，研究生毕业后在东北某地级市政府招商部门当公务员，干了两年就辞职到北京，在朋友的公司做项目主管，主要负责和企业对接运作文化品牌。他和阿松之前的公司有过一次业务接洽，当时两人都列席会议却并不知道彼此的老家只相距一个小时车程。在与客户聊天的时候，凡哥更愿意说自己是北方人，很少直接说自己来自东北。“那些私企老板不太喜欢东北，我要说自己之前是东北公务员，人家会马上联想到思想僵化、官僚作风、江湖气和吹牛逼，对合作就不太放心，如果泛称北方人还显得踏实厚道一些。”

鲁迅美术学院研究生毕业的韩老师，今年二十七岁，在北京教小孩子画画，戴副眼镜文质彬彬。他平时教小孩子画画的时候总喜欢有意无意提及故乡东北的美丽富饶，古典油画教学也的确给了他这样的空间。从渤海湾到大兴安岭，日俄风格的建筑和机械化大农场，这些都是韩老师常见的作品题材。

在之前一篇唱衰东北经济的微信热门文章中，他和凡哥的评论紧挨着，但两人的观点截然相反。

韩老师日常朋友圈经常转发关于东北的内容，尤其是那些赞美“满洲国”和奉系军阀时期的文章。给外地人“科普”东北曾经的辉煌是韩老师日常的生活乐趣之一，他认为这是每个身在外地的东北人对家乡负有的责任。

“一百多年前，人们从河北向东越过柳条边，从山东渡海到达辽东半岛，甚至经过俄国沿江而上达到黑龙江，这些移民给东北带来了充足的劳动力和财富，而现在，大批的年轻人为了追寻更好的生活离开东北。”这常令韩老师唏嘘不已。

如果留在东北能赚钱，他也不会离开自己的家乡。北京确实机会更多。

韩老师的大东北情怀显然没有感染到他常去吃饭的小饭馆服务员强子。强子真名里并没有“强”这个字，因为喜欢电视剧《征服》里面孙红雷饰演的黑社会老大刘华强，所以给自己起了这个名字。韩老师有一次去吃宵夜，闲聊的时候发现强子也是东北人，就和他聊起了自己的大东北历史情怀。无奈强子没什么共鸣，韩老师之后就再也不提这茬了。

强子来自锦州，二十岁高中毕业就来到了北京。锦州烧烤在东北很有名，不过强子的烧烤手艺却是在北京跟一个河南人学的。

“我曾经建议老板挂上锦州烧烤的招牌，可老板不识货，非要写新疆烤串。你说一个开饺子馆的，一个新疆人都没有还写新疆烤串，有点骗人。”强子的这番牢骚也是当初韩老师借机聊到东北文化不被重视的由头。

强子不懂“文化”，甚至觉得韩老师缅怀日据伪满政权时期的心态“欠削”。他来北京，只是因为在锦州找不到工作，工资太低。来北京干几年烧烤，攒够了钱开一个自己的烧烤摊，末了再开个烧烤店，娶个漂亮媳妇儿开辆好车风风光光回锦州，给父母买大房子，这是强子心中规划的理想生活。

他有时候会在社交软件上“约”一些年轻女孩儿，但当她们了解强子的工作之后，往往就没有下文了。强子的想法很简单，“有钱才能牛逼！那些妞儿就会自个儿贴上来。”他觉得mc天佑就很牛逼。 mc天佑是强子这一群东北年轻人集体的偶像。

在强子所在的饺子馆常吃烧烤的还有一个东北人贾先生。他来自吉林松原，是一名B-box表演者，在北京和朋友组建了乐队，日常接一些商业演出。

“东北没人喜欢看这个，要么看二人转，要么打牌打麻将，要么去洗浴中心，要么在家看电视。”演出后的深夜聚餐上，贾先生会津津有味地“嗑”起老家松原九十年代的事情，那些诈骗、色情、黑帮、暴力案件，充满传奇色彩，家乡同辈的兄弟们依然延续着父辈们平淡无奇的生活方式。

留在北京很难，回东北更难

作为一个常常被统称的群体，离家在外的东北人之间其实有着复杂差异性。在“东北人”这个称呼下，是最洋气城市与最土气农村的差异，是最典型的工人与最典型的农民的差异，也是中国最早研究生院校所在地与二人转、喊麦故乡的差异。

如果谈到唯一的共性，恐怕是他们很多人都选择了离开家乡。

贾先生之前租房，带他看房的中介大明也是东北人。在北京，但凡是个房地产中介，将近百分之八十的概率是东北人。没有技术、没有表演才华、不混“黑道”、又想出来闯闯的东北年轻人，来北京之后基本上都选择了这个行业。

房地产中介体面，每天都穿着西装——全北京没几个行业能穿得这么正式，这是大明对这份工作的第一感受。他在朋友圈里偶尔会传自己的日常自拍，父母看到了，会跟村里的人炫耀：“我儿子在北京上班，穿西装打领带！”特别有面儿。在村里只能种地，打牌喝酒，“一辈子也就那样了”。大明执意要来北京。以前上中学时的哥们儿在北京当了几年中介，把他带入了行。

头几年是北京房地产的火爆期。大明每个月都能拿到不少租售提成，从他的名牌腰带就可以猜想出他前几年过得挺滋润。虽然每天要骑着电动车带一拨拨客户看房磨破嘴皮子，晚上十点还在店里趴着——“来北京不就是为了多赚钱吗？累点总比闲着强。”

在北京出台更加严酷的新政之后，房地产中介行业受到重创。“我这两个月的提成也就是以前的零头。”他很沮丧，原本打算在北京赚个一百万，回吉林老家县城里买一套房，再做点儿小买卖，现在的形势看起来目标很难达成了。

“再过几年，我也不知道自己还能干啥了。留在北京很难，回东北也很难。”他一想到这个就挺伤脑筋的。中介行业和互联网行业一样喜新厌旧，总有一批又一批的年轻人投奔而来。大明对于自己的未来感到迷茫。

大明负责的这片小区住了不少衣着入时的姑娘，微博认证通常是“演员”或者“模特”，有几万到十几万或真或假的粉丝，真实职业不明。大明说，这片小区里的东北女孩特别多。她们一般傍晚出门，在附近的夜总会和小歌厅上班。“之前找我租房的一对情侣，男的在夜总会里当领班，女的在里边坐台，也不知道俩人是咋过的。”

薇薇是这个小区里令人瞩目的漂亮面孔之一。和那些没什么作品却有人赠送一套房子的“女演员”不一样，薇薇住在一个跟其他人合租的单间里。她来自辽宁葫芦岛，有种骄傲冷艳的美，走在路上有半条街的男人忍不住回头看她。她也曾是一名“演员”——在酒吧里表演钢管舞。

每天晚上九点，她需要准时出现在后海某家酒吧，穿着暴露的服装上台演出——镶嵌着金属铆钉的黑色皮胸罩，带着慑人的诱惑力。让人很难想到的是，薇薇跳钢管舞赚钱，目的是为了玩cosplay。

中学的时候薇薇迷上了日本动漫，同时捎带迷上了cosplay。“在我们那个小城市，玩cosplay的人太少了，走在街上会被人当成怪物围观。”大学毕业之后，她义无反顾来到了梦想已久的北京。这里有大大小小的漫展和数不尽的cosplay同好。

cosplay是极其烧钱的一项爱好——动辄几千块钱一身衣服。为了赚钱，薇薇最初在酒吧里当服务员，后来发现跳钢管舞来钱更快，学了半年之后，她也成为了一名“钢管舞娘”。

她知道自己的钢管舞并不专业，但没关系，台下的那些男人只是饥渴地盯住她裸露的肌肤和扭动的腰肢，没人会挑剔她的动作不够标准。“有回一个老胖子，给我小费的时候趁机摸了我一把。我当场给他一个大嘴巴子。什么玩意儿，长得好看的小帅哥来撩我也就忍了。”

赚来的钱，除去房租，她几乎全都花在了cosplay上。每次参加漫展都是一个隆重的大日子。准备了一两个月的装备依次上身的过程，让薇薇觉得自己从灰姑娘一步步变成了女王。在漫展上她永远是闪光灯的焦点。

通过在漫展上积攒的人脉，薇薇最终结束了两年的钢管舞生涯。她如今在一家动漫公司上班，负责漫展的策划和执行。对于过去的“黑历史”，薇薇并不介意被提及：“至少我现在干的是我喜欢的工作。在东北，我根本没机会找到这样的工作。我是不可能回去了。”

来自吉林某小城市的浩天住在这个小区的另外一栋楼里。在同性交友软件上，浩天的头像是个高大的肌肉男，相册里是他半裸或者正装的写真。资料上写着他的年龄、身高、体重，以及一些隐秘的信息，最后是他的个人微信号。这些资料显示，他是一名专门为男同性恋者提供服务的技师。这个同性交友软件上，像浩天一样来自东北的技师很普遍。

一般客人加了他的微信后，他会马上发过去一条信息："全身按摩一小时两百元，推油全套一个半小时四百元。独住公寓，也可上门。"

没有人知道他们的真实姓名，他们的头像和图片也往往是互相盗用的假照片，但是浩天出人意料地和照片上几乎毫无差别。他甚至有些羞涩，容易脸红。聊了一会儿，他展示了自己左臂上的一个文身，那是他前女友的名字。"其实我是直男。"他说了实话。

翻开他的朋友圈，发现他什么都干——卖鹿茸鹿胎、卖保险、金融中介乃至健身教练。有一张醒目的照片，是他在健身房里带着"开心麻花"的一个著名男演员进行形体锻炼。"家里太穷了，所以能赚钱的我都干。"他甚至去广西玉林待了两年做传销，直到钱都被骗光了才离开。

前几年是他推油事业的黄金期，每天收入一两千不成问题。他还提供私人陪游服务，和各种有钱的男性富豪一起旅行，足迹遍布美国、新加坡、泰国和港澳台地区。从他在各种高级酒店、豪宅、赌场、摩天大楼、海鲜西餐厅的留影来看，他也算是一个"见过大世面"的人了。

这两年明显状况下滑，客户越来越少。"感觉大家越来越不愿意花钱了。房租也越来越贵。"他攒了一些钱，打算回老家开一个按摩店——"正规的那种"，他急忙补充道。其实他自己的手法并不好，也许得雇几个专业的技师。

"但是谁知道呢？东北经济不好，按摩店不一定能开几年，没准我还是得回北京上海干这一行，北京上海这方面的需求还是比东北大。"四十多岁还在同性交友软件上揽客的东北男技师也并不少见，针对不同的客户群，也许这就叫行业细分。

对于现在高喊的"振兴东北"，浩天表示自己也无能为力。"主要是东北像我这样没啥文化也没啥技术的年轻人太多了。我们这一代人成长的环境就不行。家境好的就不说了，在哪儿都能吃香喝辣穿名牌。像我们这种家境不好啥也不会的，留在东北实在是太糟心了。我们能干啥？只能走一步算一步吧。"

01

Beijing, The Lost Hometown
北京土著：在这座城市，我们也是异乡人

文Writer_范清

告别大杂院是一生中最重大的事件

1993年底，杜鹏的父母单位分房，全家从磁器口的小胡同搬到了永定门外三元街的一座旧板楼里，彻底告别了大杂院生活。

那年北京发生了几件大事：亚洲最大的火车站北京西站动工，隆福寺大火，北京申奥失败，西二环金融街、东二环商务中心区开始兴建。但在七岁的杜鹏眼里，这些都不如搬家这件事重大。

二十多年之后，他仍然对此耿耿于怀。“刚开始发育就住在一楼，采光特别差，晒不到太阳。”杜鹏身高不到一米七，但是脑袋大，体型微胖，四肢粗短，整体像颗土豆——他忽略了自己体内的基因作祟，把个子矮的主要原因归咎为这次搬家导致的光照不足，造成缺钙。

1992年的巴塞罗那奥运会，是他在大杂院里看过的唯一且最后一次奥运会。刚好是暑假，院里的孩子们挤在何奶奶家看电视转播，个个都穿着小白背心、蓝短裤，坐在自己的小马扎上。每当解说员大喊：“中国队赢了！”满屋的孩子瞬间一跃而起，鼓掌欢呼，手舞足蹈撒丫子绕圈跑，何奶奶笑眯眯地端出一大盘切好的沙瓤西瓜。

小胡同里的夏天特别长，空旷的蓝天不时有成群的鸽子盘旋飞过，留下阵阵鸽哨的回响。胡同里远远地传来各种悠长的吆喝声。他和小伙伴毛毛最喜欢蹲在院里的槐树下，舔着甜滋滋的“天冰”冰棍，一边用冰棍化的水滴淹没树下那些忙碌的小蚂蚁。

他转到了革新里小学，“那会儿南二环外特别村儿”。学校的操场上堆满了煤，故学校又称“煤堆子小学”。教室里都靠烧煤取暖。上学没几天几个高年级男生把他堵路边，抢走了他的零花钱。他哭着回家了，也不敢告诉父母。离开了大杂院的环境和小伙伴，他也不爱在小区里玩，放学了就待在家里看动画片儿。

他一生中最快乐的时光随着搬家戛然而止。

年幼的杜鹏尚未能意识到，他的个人悲剧只是历史进程中微不足道的缩影。从1993年至今，有超过一百五十万名“老北京”陆续搬出了二环，主要原因包括拆迁、自主购房以及国有企事业单位的福利分房和集资建房。

1993年国务院批复的《北京城市总体规划》被视为北京二环内居民大规模迁出的开端，但也有学者认为，早在1984年北京成为1990年亚运会举办城市，以及之后为申办奥运会大兴土木，就已预示了这波长达二三十年的迁徙徐徐开启。

杜鹏一家在南二环外住了十几年，2006年搬到了东五环外的一个新小区，四千多元一平。“当时四环内的房子已经买不起了。”他父母都是工薪阶层，家里买了车，想晚年住得宽敞一些。他大学毕业以后在望京上班，为了方便，他在公司附近租了一个单间，周末才回家。“其实我也是一个北漂。”他自嘲道。

他姑姑全家都搬到燕郊去了。“我们去燕郊看她，所见全是几十层的住宅楼，一大片密密麻麻，看着都特别脆。也不知道她怎么想的，搬走了又想城里，让我们从南城给她带这带那的过去。”

他偶尔回到南城。我们吃饭的馆子，是他办十八岁生日宴的地方，十几年过去了毫无变化。他感慨道：“南城发展不起来，就这样了。南城人有老北京特别典型的一面，安于现状，不思进取，没出过什么有钱人。再说了，北京几百年都是京城，也没见着有北京人当皇帝的。”

杜鹏还记得2001年北京申奥成功的那天夜里，他和父母挤在永定门广场的人群中一起看烟花。作为一名十五岁的少年，他和周围的人一样，相信北京会越变越好。

01.从景山俯视故宫 02.03.04.西二环金融街，曾经是几十条小胡同（摄影_范清）

胡同变成了废墟，废墟又变成了高楼

西二环金融街于1993年正式动工。短短几年内，成片的胡同被拔地而起的巨大建筑群迅速取代。从小在西单附近长大的杨迪见证了整个过程。

杨迪如今仍住在西单附近的教育部大院里，隔壁是王小波故居。每次跟父亲吵完架，他都会去那儿蹲在地上抽烟。

1995年他开始就读于大木仓小学——现已改名为西单小学。他的同学大多住在周围的小胡同里。他是大院孩子，但喜欢一放学就跟同学往小胡同里钻。“我一同学，他爸爸是送报员。每天就是一大早起来，送一圈报纸。八九点回到家，打开电视，边看电视边往猫耳朵里塞煮熟的黄豆，等我们中午放学炒了给我们吃。他一上午就干这个。很多老北京人的生活就是这样的。”

从小学一年级开始，就陆续有同学搬走，转学。“快放学了跟我说，我得赶回家搬家去了。第二天班里就没这号人了。我的小伙伴们就这么一个接一个地搬走了。1996年到1997年是高峰期，有时一下搬走好几个。”

成片成片的胡同变成了废墟，继而变成了机器轰鸣的工地。杨迪从工地蓝色铁皮外围的缝儿往里窥视，里面是他有生以来见过的最大的巨坑——后来变成了金融街某座巨型写字楼的地下车库。

2004年，金融街基本形成规模。十余年里，至少五十多条老胡同从这片区域消失了，大约五至十万人被连根拔起，流散到了三环外的各个角落。

大概1998年，他上小学三年级，西单又拆迁了一大片小胡同，开始盖新的百货大楼。现在每次经过西单商业区，他还能清晰记得君太百货那儿原先是三条胡同。“现在大悦城酒店楼下星巴克那块，以前是我三个小学同学的家。院里有棵枣树，我们小时候还爬平房顶上搂枣儿。”

“北京那会儿几乎每个院儿里都有棵枣树，或者柿子树、石榴树。鲁迅写院子里有两棵树，一棵是枣树，另一棵还是枣树。他是真没办法，因为哪儿哪儿都是枣树。夏天到秋天，树上开始结青枣，特脆特甜。有的人家会一直留着，到了十月十一月，树上挂满了风干的大红枣，踹一脚就哗啦啦往下掉。咬一口跟现在的新疆大枣一模一样，肉特别厚，一点儿虫没有。”

当时西城区的拆迁户大都搬迁到了丰台区、北四环外以及当时的通县。和外人想象的“拆迁暴发户”大相径庭，二环内的大多数拆迁户并没有因此大发横财——因为二环内的许多大杂院，属于公房（产权属于单位或者房管局），即便是私房，也由于面积太小、当时房价不高，无法获得所谓的“天价赔偿”。

部分胡同居民由于是从公房迁出，只能被安置在公租房，房子条件不理想，个人没有产权，无法出售。这些人并没有享受到十几年后北京房价飙升的红利。

“真正靠拆迁爆发的其实是后来四环五环外的农民，因为有地，他们拼命加盖房子，所以赔偿动不动就几百万上千万。大兴前几年不是还因为拆迁款发生过灭门惨案吗？也有说是因为公公媳妇乱伦的，反正说不清。但二环内老北京，没几个因为拆迁发了财的。顶多就是原先一家六口人住胡同二十平的小屋，拆迁后住四环外的两套三居。”

杨迪觉得真正的“老北京”身上有股“局气”，不争抢会担待，且容易满足。他很多同学家里，二十平米的屋子住了三代人，客厅、餐厅、卧室都在同一间，沙发摊开就是床，帘子一拉，主卧次卧就分开了。逢年过节大圆桌摆开，顶着床、沙发，剩下的人坐小马扎，绕着墙根一圈儿啤酒瓶子，十几号人有说有笑看着电视。夏天下雨屋顶漏水，家里锅碗瓢盆都得用上。

“这样的条件，一住就是好几代人。”杨迪说，“但说出来也不觉得有啥丢脸的。因为几乎每家都一样。老北京人的物质欲望都不高，天生容易满足，有底气，有个窝睡觉，吃碗炸酱面，有钱没钱都一样舒坦，惬意。你比我富，我也不会高看你一眼；你比我穷，我也不会瞧不起你。但是现在北京人也越来越浮躁了。”

“当时因为政府要拆迁，而且能住新楼房，大家都挺高兴的，一家人终于能住宽敞点儿了，也没想那么多，更想不到后来房价飙升我得跟政府多要点儿。当初我爸单位分房，也是为了我上学方便，选了二环内的单位旧板楼，压根想不到什么投资升值——我们住的这楼估计未来二十年内都拆不了。”杨迪说起来语气也有些“不甘”。

他们院里很多老头老太太，一辈子都住在旧板楼里。“按照工龄他们都能分到石景山的新房，一两百平，但就因为在这儿住了几十年，不愿搬。其实很多当初拆迁、买房搬走的人，虽然住得更好了，但很快就发现自己失去了很多，人情味儿，邻里关系，吃的用的东西，都不一样了。最最重要的是，他们觉得自己在这个城市里没有根了。”

05.大杂院内 06.封墙堵洞后的胡同小卖部（摄影_潘辉煌）

现在的北京没有老北京味儿了

“南锣鼓巷后海的那帮游客，他们能看到什么老北京的东西？现在那儿跟国内其他地方的景区没啥差别。”人声鼎沸的“大跃”啤酒馆内，孙晓磊把手里的啤酒杯往桌上一磕，情绪有些激动。

孙晓磊住在东四附近的本司胡同。他出生在这间十来平的小房子里。九十年代房改之后，很多胡同里的居民都在二环外买了商品房，陆续搬走了。他家也在望京买了一套旧板楼的二手房，七十来平米的小二居——1995年两万块钱一套买的。胡同里的那间屋子就此空着，堆些杂物。为了写剧本，他两年前又从望京搬回了灯市口。

许多老街坊都搬走了。没搬走的，要么是不愿意离开二环，要么是当初没钱买房。胡同也一直没拆迁，往后就更买不起房了。小胡同大杂院冬天不好过，没暖气。冬天特别冷，要生火，要储煤，储大白菜。房子特别小，经常被煤烟呛到。大夜里抖抖嗖嗖去公厕。只能在大澡堂子洗澡。“我小时候冬天一个月洗一回澡，平时晚上烧一壶水，洗脸洗脚洗屁股就睡了。”孙晓磊说。

“小时候大杂院里小伙伴很多，每天都很热闹。做饭的时候能闻到每家的菜香味儿，喜欢吃哪个菜就去谁家。大杂院里都愿意照顾各家的小孩，所以可以一起玩，去各家吃饭，饿不死。现在的新小区里没有以前老北京的味儿了。”

“什么是老北京？我们小的时候觉得，出了三环就不算北京城了。在上一辈的概念里，出了二环就已经不算是北京了。四九城就是二环一圈。我小时候三环边上还有庄稼地呢，那时候觉得北京西站已经特别偏了。老北京人其实都不爱离开北京。”

离开二环之后，孙晓磊在望京念完中学，到海淀上大学，毕业后跟电影剧组到处飘，国内最远去了新疆和西藏，然后出国，泰国尼泊尔新加坡马来西亚日本韩国，攒够了钱去美国上学，在洛杉矶一待就是两年。他离二环越来越远，几乎已经忘了自己是个四九城内的“老北京”，更加享受自己“世界公民”的身份。

从美国回来之后，他打算拍自己的第一部电影。忙忙碌碌了两年依旧毫无头绪，怎么改都感觉不得劲儿。有一天，他一个人在家里看《子弹横穿百老汇》，突然浑身一激灵：原来自己的剧本里没有“根儿”。

“什么是根儿？比如伍迪·艾伦，他电影里的根儿就是纽约。你能看出纽约这个城市给了他太多的养分。到了纽约你会发现，这个城市跟几十年前没太大差别，而且纽约人就是那样儿，就是他电影里纽约人的那股劲儿。但是我们这一代人从小就离开了自己的根儿。没有滋养，怎么可能拍出好的电影？”他决定找回自己的“根儿”。

花了两个月时间和五千元装修费，他把本司胡同的旧平房改造完毕，自己搬了进去。“我也要吸吸北京城的气儿了。”搬回胡同之后，他觉得自己的心定了下来，开始写自己的第一个剧本，发生在北京的故事。

回到小胡同里，童年的感觉依稀还在，但还是大不一样了。胡同里大多是老人，没有了儿时热闹的生活气和烟火气。夜里沿着胡同散步，他能感觉到它们在苟延残喘。他其实挺难过的。

“北京味儿对我很重要。出了二环没有北京的样子了——没有胡同了，没了胡同里的树，没了胡同里的大爷大妈，没有胡同又生活又乱的样子，没了太阳一晒一大片的感觉，没了骑着自行车走街串巷，一转弯‘卧槽这家有意思’的惊喜，没了老街坊慢慢悠悠打招呼互相照应的状态，就没有北京味儿。”

“住他妈多少万一平米的楼真没什么意思。更现代化、更高级的城市我也去过，那些个楼比北京的舒坦多了，但是能住出北京味道的地方，只能在二环内、胡同里。为什么鼓楼外国人多，方家胡同外国人多？我和一个建筑师聊过，他说只有在胡同里你才能感受到北京的悠闲。全是楼的地方压抑、压迫，让人只想工作。”

“现在的北京人不惬意了，没有大爷样儿了，忙忙碌碌瞎逼忙活，没有以前过得舒坦。其实哪儿的人都一样，在自己的家都没有那么着急，都是一副生活的样子，简单优哉。可北京是首都，全国各地想闯天地的人都来，折腾啊使劲啊翻天覆地啊。北京又要有活力，又要保证这些人可以折腾，想发展的人可以发展，所以就开始挂挡、提速，结果呢？这些个北京子[①]也莫名其妙地卷了进来，不得不跟着折腾，也都赶着买房买车赚钱攀比炒房投资，开始累了憋屈了，没有了爷的样子，忙叨呗。”

孙晓磊有些喝多了，语速和声音让周围的人纷纷侧目。

他抱歉地降低了分贝：“其实我们很少有机会跟你们外地人说这些。外地人不理解，觉得你们北京人得了便宜还卖乖。我们怎么得便宜了？我们自己的家都没了。你们在北京待不下去了，还能回老家。我们呢？北京被折腾成什么样，我们还是只能待在北京。这事儿没法说。说多了又成北京人排外了。”

07.白天的小胡同景象 08.夜里的后海游人如织（摄影_潘辉煌）

① 北京子意为“北京本地人”。

08

09.10.11.治理过程中的北京小胡同
（摄影_Johannes Frandsen）

北京人为保护这座城市付出的努力太少了

田怡是这次受访者中唯一的女孩，生于1995年。她交了一个外地男朋友，而不是和大多数北京年轻人一样“内部解决”。

“以前的北京人兄弟姐妹多，互相照顾忍让。后来计划生育，一家一个，难免娇生惯养，自私自利。但多数时候北京孩子之间也是蛮互相担待的。只是较老一辈还是差点。大杂院儿里长大的男孩儿心都挺细的，特别会照顾人，而且不爱计较，心宽——因为从小就得学着互相照应互相体谅。大多数九五后的北京男孩儿不是在大杂院里长大的，好多妈宝。”

她出生在永安里的一个大杂院里，直到2002年，家里在建国门地铁站旁边的旧楼买了一套小三居，使用面积九十平，花了三十五万。几年后搬到了广安门，后来又搬到了现在的左家庄。

住在大杂院里，有苦有乐。“和邻居低头不见抬头见。上个厕所很不方便。要跑到胡同另外一头。我家门前有棵大杨树，一到夏天的时候就会有很多虫子。我身边的朋友都叫它洋辣子。每次回家都要打着伞跑回去，大风一吹就会掉下来好多虫子，现在想起来一身的鸡皮疙瘩，但还是很怀念。小时候第一次见到杨树毛毛掉在地上还以为是大肉虫子，被满地的毛毛虫包围吓得哇哇哭，也挺可笑的。”

“那会儿北京并没有太多楼房。每年春节都会溜达到长安街上，没有高楼大厦的遮挡，大家放的烟花可以看得一清二楚。可现在啊，什么也看不到了。大家都是住平房烧煤，冬天的时候天也会灰蒙蒙的，也没人在乎雾霾啊什么的，都活得好好的。灰了吧唧的天上时不时冒着黑烟，有的时候还飞着塑料袋。胡同两边都是蜂窝煤。虽然现在住的比以前好了，但以前那种吵吵闹闹却很融洽的胡同生活回不来了。”

小学快毕业的时候，她开始感觉到北京在急剧变化。“其实2001年左右就开始变化了。以前年纪小，没感觉。2008年奥运会可能是一个明显的转折点。从此北京变得我都跟不上了。”

2008年她上初一。奥运会开幕式那天晚上，她看电视激动得哭了，发自内心地为北京感到骄傲。奥运会结束后，北京开始房价飙升，人口越来越多，路上越来越堵，雾霾越来越严重。这个城市开始渐渐让她感到陌生。她也有些困惑：奥运会对于北京来说，到底是好事还是坏事?

她记忆中的鼓楼和后海，也完全不是现在的样子。“我们小时候去后海划船滑冰，看杂耍。鼓楼有很多新潮的年轻人，有卖电子游戏机、汽车模型、卖小吃的店。现在回忆起来更多是文化的厚重感吧。有的时候会特别怀念那时街道的感觉，就会翻出许多老电影，回忆一下那时的北京城，虽然不发达不时髦，但我很想念它。”

“其实北京人自己也不够爱北京。‘文革’时那些年轻人拆历史建筑，拆文物，拆城墙。九十年代以后拆胡同，各种改建。前门大栅栏弄得不伦不类的。以前小胡同任由开洞加盖，现在又一下都给堵了拆了，就留个特别难看的小窗户和防盗门。一次次改一次次拆，北京越来越不像北京，人情味儿也越来越薄。北京人都不知道怎么保护自己的城市，又怎么能全都怪外地人? 我看过梁思成的北京规划方案，如果当初能按照他的想法该多好啊。可惜现在说这些都没用了。我们本地人为保护北京而做的努力还是太少了。”

和其他同龄人相比，田怡显得格外清醒。

“不管北京变成什么样，我还是会一样热爱它。因为我的根在这儿，我从小到大的回忆都在这里。就是觉得挺遗憾的，看着那些承载了好多回忆和故事的地方一个接一个地改变消失。原本它们都可以一直保留下去的。家还在这儿，也越来越现代化，但总觉得缺少了什么东西。而且那些东西再也回不来了。北京的壳子还残留着，但它里边的韵味渐渐消失了。”

田怡说自己前几天上班，经过北四环边上的一个小学，里面的孩子们正在操场上做早操。她突然意识到，这些孩子从小生活在高楼林立的现代化小区，接受越来越国际化的教育，过着和其他大都市越来越相似的生活，很像那些在国外长大的移民二代。“老北京”对他们而言，也许仅仅是一个遥远又朦胧的符号了。

他们不用再背负着对这个城市复杂的感情和回忆，似乎也挺好的。

The Russian Model in Beijing
俄罗斯模特在北京

文Writer_李纯

Daria的模特照，受访者提供

“Daria 九岁开始学习做模特，十三岁和当地的一所模特公司签约。俄罗斯的模特市场很差，当地的模特一般经由母公司派往国外发展。欧洲是时尚的天堂，而亚洲更容易挣钱。她被派往中国。她说她来中国的目的并不单纯为了钱，她热爱时尚。”

Daria过十九岁生日的那天，我作为一个冒失的记者闯入了属于她和男朋友安德烈温馨而甜蜜的夜晚。为了弥补这一冒失，我事先从网上订了一盒蛋糕，它在我抵达他们的住所之后，也恰当地抵达了。安德烈对我说了一声谢谢，然后继续切水果。Daria在洗澡。

几天前，Daria通过Airbnb租了我朋友在双井的房子。朋友告诉我，Daria是一位来自俄罗斯的模特，如果我有兴趣，可以和她聊聊。我想起有一次在三里屯的夜店，有很多俄罗斯模特站台，穿着金色的紧身短裙，后背插了两根一米多长的羽毛，在夜店五彩的灯光下，有种不真切的异域风情。俄罗斯模特是公认的漂亮和性感。现在，我在此等候她从洗手间出来。

Daria来自莫斯科。和我印象中的性感女孩不太一样，她有一头利落的短发，穿了一件松垮的背心，左臂上有两排文身。她的耳朵、鼻子上穿有银色的圆环；她吐出舌头，上面也穿了孔；她掀开背心，肚脐上还有一只。她指了指我纹在右手腕上的六芒星，说，“I like this”。她在中国呆了一年，还不会中文，会说一些简单的英语。她指着她的左耳，上面纹了一个外星人，她和她的妈妈一起纹的，妈妈的左耳也有一个一模一样的。她抽出一支中南海，吸了起来。她说她喜欢抽烟，一点不在乎吸烟损坏皮肤。

她的男朋友安德烈今年二十五岁，也是俄罗斯人，来自海参崴。他在北京呆了九年，可以流利地用中文沟通，会说，“这个傻叉”，“卧叉”。高一的时候，安德烈去新西兰，在奥克兰读了一年的语言学校，然后回到俄罗斯念完高中。高中毕业后，他考虑出国念书，“俄罗斯没意思”。那里的生活节奏缓慢，没有发展的机会。年轻人想法强烈点的都往国外跑，美国、欧洲、亚洲，哪儿都比祖国强。安德烈有二十八个同班同学，有十三个离开了。

2008年，北京刚刚举办完奥运会，他的父亲说，你最好去中国，那里正在迅速地发展。他的爸爸在海参崴做家具生意，希望安德烈去中国学习贸易，接管他的生意，从中国进口一些便宜的木料。到中国后，他在北京科技大学学习艺术专业，爸爸不高兴。一年后，他转去中央财经大学学习国际贸易，念书的钱是爸爸出的。但他说他喜欢艺术，他梦想的工作是导演，其次是演员。

去年四月底，安德烈在一次活动上认识了Daria，当时Daria留了一头褐色的长发。他们开始谈恋爱。冬天，他们吵了一次架，吵得很厉害，一气之下，Daria用安德烈剃胡子的刀把头发剃光了。整整两个月，她接不到活动邀约。她的状态非常糟糕，几乎想放弃这行，离开中国，回俄罗斯干点别的。经纪人很生气，Daria说，好吧，我去接发。过了几天，有客户觉得这个女孩非常时髦，她的经纪人又变了，说保持你现在的模样。今年春天她把头发留长了一些。她的模样因为发育期在悄悄地变化。她现在的体重是五十六公斤，身高一米八三，比长发的时候轻了一些，可脸却变圆了。

刚来北京那会，她和经纪人住在一起。她觉得自己喜欢这儿。她也会参加一些聚会，认识在北京的俄罗斯模特。她不喜欢那些人，觉得她们又蠢又自大。她没有Instagram。“我可能是这个世界上最后一个没有Instagram的人。”她不喜欢在社交网络上传照片，曝光自己的生活。经纪人认为她不懂得营销自己，她回答：“我不在乎。”熟悉的人能够了解她，不用特意传到网上给别人看。

Daria九岁开始学习做模特，十三岁和当地的一所模特公司签约。俄罗斯的模特市场很差，当地的模特一般经由母公司派往国外发展。欧洲是时尚的天堂，而亚洲更容易挣钱。她被派往中国。她说她来中国的目的并不单纯为了钱。她热爱时尚，喜欢走秀和参加时装周。有一次香奈儿在北京办秀，客户从法国过来选中了她，那是她最兴奋的一次。

十六岁时，米兰的客户在圣彼得堡挑选模特，她家里有事没有去成，与欧洲之行擦肩而过。“没什么遗憾的，”她说，“重要的是身材和脸蛋。”她对这两样很自信。一旦机会来了，她就能抓住。

Daria的模特照，受访者提供

一家叫英模文化的公司，代理了Daria在中国的业务。这家公司的总部在上海，是上海最大的一家外模经纪公司。外模在中国的工作签证一般为期三个月，每季度这家公司会从世界各地引进六十到八十位外模，以代替签证到期的模特。除了外模，英模旗下也有一批中国本土的模特，作为交换，国外的经纪公司也会代理他们在国外的业务。

在中国，外模大多聚集在上海和杭州。上海是中国的时尚之都，有很多独立设计师和服装品牌。近几年，淘宝、唯品会等电商平台兴起，杭州的需求量也在增加。由于这类工作机会比较普遍，初来中国的外模大多为淘宝的商铺拍摄照片。英模文化的一名经纪人告诉我，淘宝的兴起改变了他们对外模的审美。早期，他们喜欢高挑的模特，身高在一米八零以上。但淘宝的客户们希望模特更接近生活中随处可见的那类女孩，长相甜美，可爱，身高在一米七二到一米七五之间。高挑反而成了劣势，会让买衣服的女孩有距离感。为了更受淘宝青睐，有经验的外模会刻意训练拍照速度，最快的每分钟能够变换六十到七十个姿势。不过Daria很讨厌为淘宝拍照。“太无聊了，除了换衣服就是换衣服。”

一个礼拜后的清晨，Daria在五棵松的蓝色港湾为一家理发店拍广告，我和她在那见面。她正昂着精致的脸蛋化妆，对着镜子补了一遍口红，想让嘴唇变得厚一点。她依旧穿了一件背心，外面是一件无袖西装外套。拍摄前，一个工作人员对我说，你能不能让她脱掉里面的背心？他不好意思地解释说，他不会英语。“你是她的经纪人吧？”我担心说明身份，会被摄制组赶走。照我的经验，多半会遇上一个脾气不太好的导演，他们十分厌恶记者这类在片场无所事事，却可能潜藏着什么麻烦的家伙。“我是她的朋友。”我说。接着，我用英语向Daria传达了他的意思。

“只穿内衣？”Daria问。“是的。”我说。“我事前并不知道。你知道，比基尼拍照的话，我OK，但是经纪人没有告诉我。”Daria说。我只好问那位工作人员：“可以在内衣外面加一件裹胸吗？”工作人员发愁了：“没有裹胸。”他指着坐在旁边的一个中国女孩，她是另一位参与拍摄的模特。他问她：“你穿了吗？你们俩可以换一下。”我又问Daria：“加一件裹胸可以吗？”Daria说：“可以。”

接下来情况变得有点奇怪。我似乎担当了Daria的助理或者经纪人的角色，成了导演和她之间的传话筒。导演说：“摆一些狂野的pose。”我对Daria说：“Be wild。”导演说：“眼睛看镜头。”我对Daria说：“Look at the camera。”很多人围了过来，一些是摄制组的，还有一些是理发店的。他们无一例外地拿出手机，对着Daria拍照，眼睛盯着她的胸部。

第一个场景拍完，快到中午。我问Daria：“平时工作，你怎么和别人沟通？”难以想象，如果今天我不在场，这些拍摄怎么完成。Daria说：“如果你不在这儿，我会发信息给我的经纪人。有时候，我明白一点点，如果没有特别的要求，对我来说很容易。”

她突然问我：“这次拍摄的价格是一千元一天，刚刚我问朋友，这个价格是不是很低？她告诉我一般的价格是一个小时五百元，她叫我不要拍。或者你能不能帮我和大明说一下，他的英语不是很好，我的男朋友等会会和他说，我希望能够按小时付钱，四百元一个小时或者更多，我觉得这是公平的。”大明是安排这次拍摄的经纪人，有点像中介，他给模特介绍活，从客户给模特的费用里抽成。显然，Daria和安德烈认为，大明是一个黑经纪，他可能从费用里抽成了一半，甚至更多。

我们正聊着，一个工作人员过来说：“我们想给她剪头发。再染一个颜色。”我翻译给Daria听，她拒绝了，说经纪人没有告诉她这件事。她说，我不想改变我的头发。由于Daria迟迟不肯剪头，导演不得不停止了第二场拍摄。半个小时后，大明出现了。

“你是她代表对吗？你们俩一起。”大明站在理发店外，朝我和Daria招手。他个子不高，有些胖，穿了一身黑色休闲服。他说话的声音有种黏腻的腔调，我经常在明星助理或者时尚编辑那儿听到类似腔调，可能是和女孩呆太久的缘故。

他没有直接谈价格和剪头发，而是翻了一会儿手机，继而向我展示他朋友圈里的一张照片。时间显示是2016年五月，照片上他和一些俄罗斯人一块吃饭，看起来其乐融融。

“我不是一个black agent。”他一字一顿地说。

“我明白。”

“对——”他拖长尾音，“这张照片是一年前的这个时候照的，我当时做这行的时候，她的price，”他指向Daria，“always like that，这是第一点我要告诉你的。”

我等着他说第二点。

“我刚刚double confirm了，她拍的不是TVC，because 这个广告只在店里宣传，不用于网络或者大面积的线下推广，所以这个price不会按小时算，比如五百元一个小时，因为我作为一个booker，不敢要这个价钱，所以就没有discuss的余地。”TVC指电视商业广告，意味着Daria的肖像将被这家店里无限次地大面积使用，一般模特不太情愿自己的形象和这类普通商店挂钩。

大明接着说：“去年到现在我合作了很多模特，她们可能会私底下抱怨一下，so low，那么你就不要take这个job，不要抱怨，因为价格就是这样，或者她们会说，不要告诉其他模特好吗？”

“客户刚刚提出剪掉她的头发，她说你没有告诉她。”奇怪，我确实有点像经纪人了。

“老板说，可以往上涨一些price，多给她加五百元，一共一千五百元。”他说。说完，他再次走进店里确认，回来后说，“他们不给她染头发了，只是修剪，让她看起来更美。”

我向Daria确认，Daria说：“我问了另一个经纪人，她说五百元一个小时，而不是像这样的，这不是正常该有的价格。”

“我知道，但是预算就这么多。”大明无奈地摊了摊手，“我从你这儿赚一千元？不可能。just a bit, you know？”他指了指理发店，“从我的角度看，they are bitches！他们仅仅给了这么少的预算。”

成交。Daria终于坐在了理发椅上。理发师是个帅小伙，一边剪头一边向我抱怨：“第一次看到我剪头有人不喜欢的。这样比之前好看，我不可能把她往坏了做。说实话，其实我也不愿意给她剪。我真是为了工作，客户约我半个月才能剪上头发，我还追着给她剪。”

Daria皱着眉头，即便她不说话，也能看出她心情很坏。Daria说：“我觉得没剪之前更好，我希望我的头发长一点，直到我回去俄罗斯。”

“刚刚有人说这家理发店很贵。”我说。

Daria摇摇头：“我看过更好的理发师怎么工作的。来到这儿，我想，my god，no!”

01

Daria年纪太小，而且不会中文，因此非常依赖她的男朋友。那天拍摄她几乎无时无刻不在和安德烈聊天，安德烈也会侧面向我打听现场的情况。她很少自己做决定。“我不知道”，“不清楚”，“我想先问问安德烈”，她会这么说。我猜她待在这儿很大原因是由于爱情，北京不是一个模特行业繁荣的城市。英模文化的经纪人对我说，如果我想了解外模，最好去上海。

在模特前面冠以“俄罗斯”之类的国籍，这样的划分并不准确。相比国籍，模特的身价更多以肤色划分，比如白人、黑人、棕色皮肤、小麦色皮肤。在中国，白人模特的身价最高，容易接活，一些品牌希望展现国际化的一面，白人象征了西方世界。此外，相对于亚洲人，白人的长相立体，一些服饰为了增强表现力，也会选择白人。

第一次见面时，大明介绍自己曾经在专业的模特经纪公司待过，比如模特线路和东方宾利。前者成立于2000年，是中国比较早开始做外模经纪的公司，干的事情类似外贸，只是引进的是人。那时，中国的时尚业刚刚兴起，外模不多，属于稀缺。像Daria这样的模特，每个小时能拿到一千元，每年可以挣十几万。不像现在，模特泛滥，价格低廉，竞争激烈。东方宾利是一家专门经营中模的公司。在公司，大明做模特管理，“相当于妈妈桑，可以把我想象成不把她们推上床的妈妈桑”。2013年，他转行做单干。他有一个外模群，共五百零三人。

于是我以记者的身份加了他的微信。我向他说明来由，并郑重地做了自我介绍。我没有告诉他我就是那天和Daria一起跟他谈判的那个人，我想当面解释可能更适合。第二天，我们约在通州万达广场的一家咖啡馆见面。

大明见到我，没有掉头就走。“是你呀。”他说，坐在我对面，点了一杯橙汁。我松了口气。

“有些东西我没法跟你说，真的会得罪人，”他说，“为什么现在的模特行业受到很大的冲击？一个是客户的预算在降低，另一个是市场的饱和，外模越来越多。还有一些很有竞争力的模特，自己单干，她们无形中也把这个价格往下拉。越来越不好。”

Daria曾向我抱怨中国的经纪人抽成比例太大，模特只能赚很少的钱。甚至有的经纪人会抽七成，模特只能得到三成。那次她为香奈儿走秀，只领了一千五百元人民币。她想，这可是香奈儿。后来她知道客户给了经纪人一千五百美元。

但是大明拒绝告诉我他和模特之间的分成比例：“我是free agent, 每个月接单很少，不靠这个谋生。”

大明说，他在朋友圈发了活，Daria看到这条广告然后接的：“俄罗斯人诡异的地方就在于喜欢干这样的事。说欺负外模什么的，我觉得没有必要，亲爱的。有一类模特，没有什么工作，就会尽量接多的工作养活自己。你要问价格，孙菲菲十万一个活动。刘雯，已经是全球top5，你觉得她多少钱？”

我问他：“那你为什么选择模特行业呢？”

“当然吸引了。你认识的都是年轻人，跟着模特可以经常出去，到各个地方。Anyway ,经纪人有一个好处，青春活泼。你不追求美吗？天天看美丽的东西，你不喜欢吗？”

Daria是个讨人喜欢的女孩，很酷，性格直率，说起话来又很天真。她说她马上就要回到俄罗斯，陪她妈妈过生日。她为妈妈买了两只Saint Laurent的包，作为生日礼物。

她家距离莫斯科约五百公里。爸爸和妈妈在她刚出生的时候离婚了。妈妈留在家乡，是一名医生。爸爸在莫斯科做生意。现在他们已有了各自的伴侣。每隔半年，Daria会回一次家，在那儿待半个月左右。她从小和妈妈一起长大，妈妈非常思念她，同时也很担心她。她的脊柱有旧疾，得常做按摩缓解。十三岁时，Daria学会了抽烟，烟瘾很大。

我们在她离开的前一天见了面。安德烈约我在保利酒店碰头。酒店三层的宴会厅有一个艺术品拍卖会的展览，他说他会带着Daria一起。展览陈列的是一些古代的字画和瓷器，约十多幅。安德烈的爸爸喜欢收藏古玩，受他影响，他也对这些感兴趣。Daria没有出现，她在家睡懒觉。她无法理解安德烈的一些古怪爱好，比如中国的字画。她喜欢时尚、有现代感的艺术。展览结束后，我坐上安德烈的摩托车，去接Daria。

01.拍摄前，Daria在剪头发（摄影_李纯）
02.Daria和安德烈。由受访者提供　03.安德烈在演戏。由受访者提供

安德烈今年二十五岁，说话稳重、谨慎。你得小心翼翼和他相处，千万别犯错。他的工作五花八门，没有一份固定的，他叫做“活儿”。他中文好，会介绍一些俄罗斯模特参加活动，从中抽成，类似于经纪人，还做点生意，从绥芬河进口一些海鲜到东北卖。此外，他帮电视台拍摄纪录片，做类似制片的工作。他也做演员，最近的一部戏是电视剧《复合大师》，他在剧中饰演员闫妮的外国男朋友。有时，他自己也做模特，拍摄照片，或者出席活动。我问他怎么会有这么多活？他说，有关系，有门路。

我们决定去一家意大利餐馆吃饭。Daria穿了一件性感的碎花吊带连体裤，露出二分之一的胸部。她为她的胸部苦恼，觉得平胸穿衣服更时尚。她不喜欢自己太过甜美或者性感，她希望自己看上去很酷，和一般的女孩不一样。为此，她只好给身体穿了很多环。她曾经在门牙上方的牙龈部位穿了一个孔。当她笑的时候，别人就能看见，她很喜欢这个环。穿完以后，她去三亚拍照片，呆了一个月。拍摄前要把环摘掉，结果弄丢了，牙龈上的肉又愈合了。她在上海认识一个穿孔的朋友，打算下一次去上海再把环穿回去。

为了专职做模特，Daria没有念完高中就辍学了。十三岁时，她被经纪公司派到上海，她一个人，不会英语，对模特行业一无所知。她在上海待了三个月，练习英语，拼命干活，赚很少的钱。结束后，她回到俄罗斯继续读书。一年后，她被派去台湾，随后是上海。高中毕业前一年，她想这是做模特最好的年龄，我为什么要上大学？她又想，如果我不上大学，高中毕业证有什么用呢？她就辍学了。周围的人觉得她做了一个愚蠢的决定，模特在家乡被认为是不正经的职业。但妈妈支持她，陪她和经纪公司签约，带她参加模特比赛。Daria说，她不在乎别人的眼光，她想“be free", 她清楚自己要什么。

在家乡，很多男孩追求她。高中的时候她有一个男朋友，是一名纹身师。她并不爱他。她知道她将离开那里。“有一天我会去其他国家，我只是和他呆在一起。我不在乎他。”她觉得，男孩喜欢她只是因为她的外表，他们从不关心她真的在想什么。她是个聪明的女孩，妈妈知道这一点。还有另一个人知道，那就是安德烈。

“安德烈说他爱我，我不知道什么是爱。这段关系是生命中第一次，我能感觉到一些特别的东西，我和他在一起很开心，”Daria说，“但是，很奇怪的是，我不知道我为什么呆在北京，我也不知道这段关系将往何处去。明年我可能去欧洲，我们将会分开，这些是不是都将离去？你知道有些人会离开你，有些人则会留下来。我想安德烈是会留下来的那个人。”

本文原载于公众号“正午故事”。感谢授权供稿。

Live Somewhere Else
去往别处的人生

两年前我在上海，经营一个叫“巴珑艺术”的摄影工作室。日复一日的工作，让我渐渐开始怀疑自己存在的意义，怀疑自己曾经热爱的一切。我渴望去寻找一个能让我心灵回复宁静的地方。终于有一天，我来到了泰国北部的拜县（Pai）。抵达的那个瞬间，我突然决定，放弃上海的一切，留在这里。

郑阳

八〇后，摄影师，艺术家，创办上海「巴珑艺术」摄影艺术空间（木心为其空间起名、题字）。现长居泰国清迈拜县，生活，禅修，画画。

来Pai的很多人都是流动性的，他们不会久居，只会暂时在这里居住，有半年一年之久，也有一个月之内，但他们总会聚集在一起玩儿，于是你会看到，不同国家的人，在一起弹奏各种音乐，交流各种快乐的事情。

我们生活的地方，在一个很大的花园，我为此写了一首歌《神秘花园》，我们准备在花园里盖房子，这里有很多树木和各种鸟儿，每天会伴随着鸟儿的声音迎接新的一天到来。

这里是Pai的一条河流，每天静静听着水流过的声音，在秋千上摇摆，快乐的日子很简单，你的心情简单了，你会更容易快乐。

在暂时离开Pai县回中国的前几天，我遇到了这群人，他们在建泥房子，非常快乐，团结地在做一件事情，就像我们小时候在玩泥巴，简单的快乐。生活就是这样，你的心决定了你的一切。摄影|文_郑阳

耿军

七〇后，独立电影导演，来自黑龙江鹤岗，十九岁开始北漂，二十八岁开始成为独立电影导演。代表作：《烧烤》、《青年》（入围罗马国际电影节主竞赛单元）、《锤子镰刀都休息》（金马奖最佳创作短片）、《轻松+愉快》（圣丹斯电影节「特别视野」大奖）。

812 动物园
DONGWUYUAN
开往动物园
814
45 动物园
206
动物园
NAUTICA

左页图：上世纪九十年代中后期，耿军开始成为一名“北漂”。在北京，他先后从事了饺子推销员、宾馆服务员、台球厅老板、广告公司策划等工作，在五道口、成寿寺、天通苑之间流窜。2000年，在五道口的“盒子咖啡”第一次看到“实验社”的艺术短片，让他萌生起拍电影的念头。图片提供_耿军

前跨页图：耿军二十岁时在五道口的西郊宾馆当服务员，背后是他当年住的员工宿舍。当时的同事都想象不到，这个在地毯上吐痰被主管逮住的愣头小子，十几年后成为了一名在国际上崭露头角的独立电影导演。摄影_潘辉煌

下图：耿军在冬天的鹤岗煤矿区拍《锤子镰刀都休息》，这部电影在2014年金马奖上获得了最佳创作短片奖。摄影_王维华

光从卧室的窗户照进来。工作累了，他就在这个能晒到阳光的窗前抽根烟，发呆，看看花。屋里总是很安静，是一个绝佳的创作空间。在这个半地下室里诞生了他的几部作品，包括后来拿到金马奖的《锤子镰刀都休息》。摄影_潘辉煌

在从天通苑到五道口的城铁上，耿军用手机不停地和各种人联络工作上的事。他在筹备一部新的电影《东北虎》，和他之前的所有电影一样，这仍旧是一个发生在东北的荒诞故事。对于自己破败的家乡鹤岗煤矿区，耿军一直有种无法割舍的情结。摄影_潘辉煌

郭月

九〇后，演员，毕业于中国戏曲学院导演系，北漂十年，演员代表作：《女导演》、《猪肉与月亮》、《路边野餐》、《天真人类》等。

左图: 猫咪三个月大，郭月叫它“妹妹”。家里还有一只大猫，是“妹妹”的叔叔，叫“弟弟”。前几天弟弟从郭月的脸上踩了过去，在她颧骨上留下几道抓痕。在北京生活的日子里，猫咪是她最重要的伴侣之一。摄影_潘辉煌

右图: 前一阵郭月刚结束在山西的一部戏，回到北京又要开始看另外一部戏的剧本。沙发上的衣服堆了两个月，一直没时间收拾，她就躺在衣服堆上背台词。“我在等我的助理过来，一起整理。”她狡猾地笑着说。摄影_潘辉煌

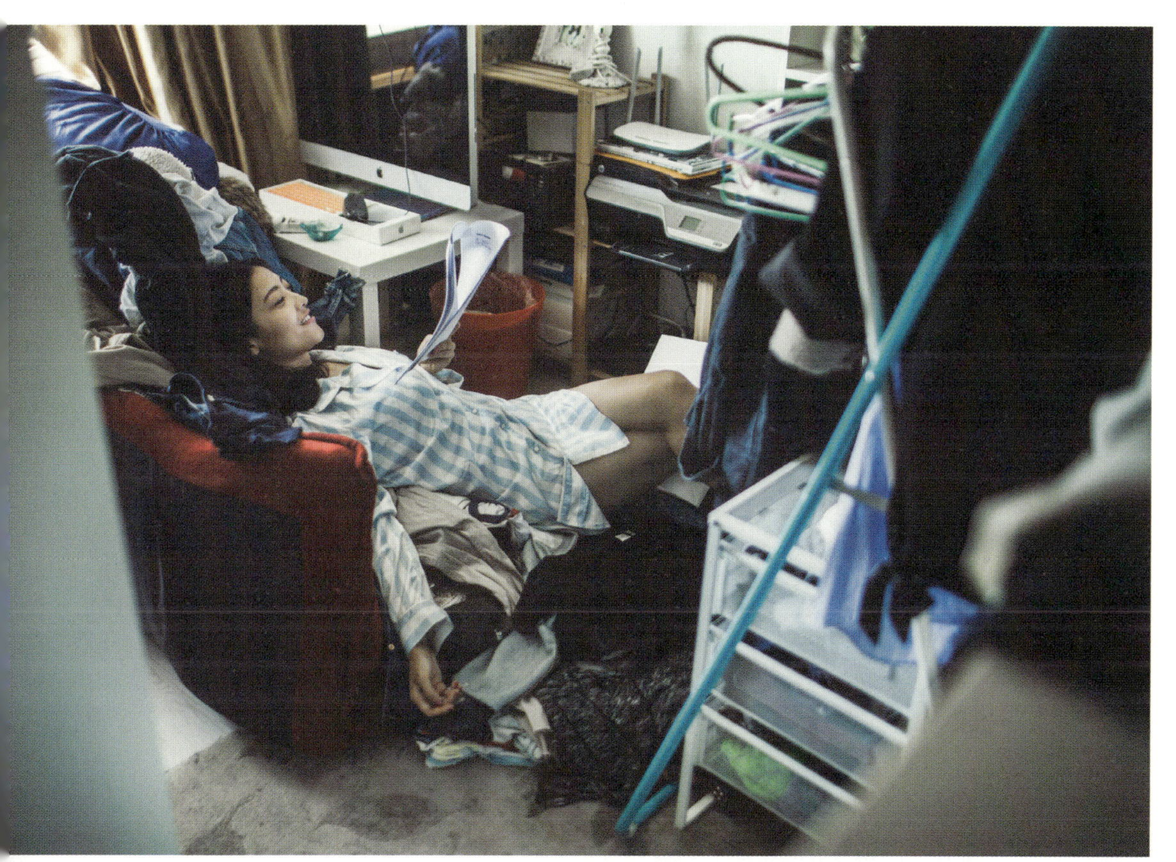

左上: 高中时决定来北京，是因为电影《颐和园》。来北京之后，她迷上了夜晚的皇城根。许多夜晚，她独自来到故宫边上，抽烟，发呆。夜间的皇城和白天截然相反，特别安静，偶尔有行人经过，但没有人会注意到她。摄影_潘辉煌

右上: 在毕赣导演的《路边野餐》里，她演了一个向往城市生活的乡村女孩洋洋。幻想中的生活和现实之间的矛盾令她焦躁不安。摄影_王天行

左下: 在另一部电影《天真人类》里，她演了一个另类的“北漂留守青年”——艺术家马蒂斯。她发现自己饰演的许多角色和她都有一个共同点：一颗不安分的心。她们总是不满足于已有的生活，想要去冒险。摄影_高媛媛

Shuhei Aoyama:
Listen to the Old Buildings and Talk with Them

青山周平：
改造旧建筑，和它进行一场对话

采访Interviewer|文Writer_婷玉 图片提供Pictures_青山周平

青山周平

建筑师，生于日本广岛。二〇〇五年起在SAKO建筑设计工社任设计师，二〇〇八年获日本商业空间协会设计大赛奖银奖。二〇一二年在清华大学修读博士学位，二〇一三年任北方工业大学建筑系讲师。二〇一五年创立B.L.U.E.建筑设计事务所，同年参加东方卫视《梦想改造家》节目。

“失物招领”项目

采访手记

因为时间关系，采访戛然而止，对于青山先生所说的“见面的价值越来越高”这个事情，我认为是肯定的，仅仅是因为得不到，因为稀少，价值肯定会越来越高。

就和如今乡村的价值越来越高一样，如今的民宿很热，很能赚钱，但未来会不会仍是如此呢？因为如今的我们对乡村是有记忆的，对见面的价值是有记忆的，当一件承载记忆的事物变得越来越难得，它也自然会变得越来越珍贵。但是对于新生一代而言，他们对乡村有何记忆呢？如果没有记忆，那我认为没有丝毫价值。如今的新生代在城市里玩得不亦乐乎，从来没有过对乡村的记忆，便也不会有所慕念吧。就像读过周榕老师的《“境基记忆”散论》之后，我便打消了对遗产保护这件事情的执念，如果没有记忆，那么保护一事就失去了意义。

对于青山先生所说的事情是否代表了“真未来”，我表示怀疑。

“失物招领”项目内景

对话

青山先生，我们知道您在前两年的时候参加了东方卫视的《梦想改造家》节目，向观众展示了普通人的居住问题如何通过设计得到解决，也因此为大众所熟知。您在旧空间改造过程中是如何考虑居住者的情感和记忆寄托的呢？

青山：可能有些旧物，或者原来房子的材料，可以保留下来用在新空间里结合。

可能一些场所中的具体事物的确很重要。但是用这些具体事物来传达这些意思是不是比用建筑本身的形式系统来传递要轻便很多？我的意思是借助这些东西，不太考虑用建筑本身的形式去传达，是不是有点儿偷懒？

青山：这个要看具体项目情况吧。我觉得是有两个方面。第一，物质的方面。包括家庭当中有故事的物品、原来房子的结构、材料、窗框等等这些物质的东西。这种东西材质是他们家庭的记忆载体（例如，很多时候在日本的漫画或者电视剧里面能看到父亲在房子的木柱子上划出孩子每年的身高，孩子长大之后能看到五六岁到十八岁左右的很多高度不同的线）。所以，如果有条件的话，我会在设计中将这些东西结合在一起。

第二，看不见的部分，更多的是他们的生活方式方面。因为他们在原来的空间居住十几年几十年，所以每一个家庭都有独特的生活方式。每一天每一天反复的动作经过很多年慢慢形成一个模式。这是一种家庭和房子彼此呼应的关系。比如说，房子里面没有门，是一种很开放的生活状态；比如说家里的私密空间和外面的公共空间之间没有很明显的界限的状态，等等。这些是他们之前的生活方式的特点。设计过程中我会把这种有特点的生活方式的部分与设计结合在一起。

我看您做的旧空间改造几乎都是在胡同里。很多建筑师都做了胡同改造项目。您觉得在老北京胡同区这个大的场所背景下做设计有什么独特之处呢？

青山：第一，老北京胡同的环境是很有特点的环境，改造前的空间是已经有历史、故事、力量的。跟在新开发的新区做建筑项目完全不一样，在新区做建筑设计更像在白纸上面寻找自己的逻辑，画自己的线，设计的过程更像是我跟自己对话的感觉。但在胡同里做设计，更像跟别人对话一样。我要去听它所说的，我要去听原来的空间它到底想变成什么样子。像跟别人对话一样，他所说的话会影响到我所说的话，讨论的方向有时候会朝着我根本没想到的方向发展。这个是老房子改造设计的特点，并且是一个趣味点。不像一个人独立设计的感觉。

第二，胡同的房子是城市环境的一部分。不像普通公寓楼那样跟城市环境脱离。胡同里的房子、路、树、院子这些空间元素直接形成老城区的城市环境，所以在胡同里做设计虽然具体做的是单体建筑的改造，但是必然会带来城市设计的视角。

01
02
03

对的。现存的一些胡同多是记载了一个城市的历史脉络，是城市居民历史演变记忆的物质载体，并且多是熟人社区，居民的生活、教育背景、家庭职业十分相似，社区生活气息浓厚，青山先生怎样去重塑生活氛围，保留他们的生活记忆呢？

青山：城市的最基本的条件是，年轻人、老人，结婚的、单身的，带孩子的，外国的，有钱的、没钱的等等，各种人群都可以找到属于自己的空间。这个意义上，我们目前的很多住宅社区不是城市，因为里面的人群一般很单一（因为户型、价格等因素，里面住户的年龄、社会地位、收入等很单一）。相对而言，巴黎城市里的公寓剖面图很有趣，一层是商店，二层三层是有钱人的房子，上面是普通家庭的住宅，最上层的屋顶下方斜屋顶房间是没钱的单身年轻人居住的地方，这样城市的建筑可以承载不同人群的生活，这样的城市生活才能活跃。不过，在现代社会，我们也没有办法恢复那种过去的熟人社区，过去的胡同里人和人的关系。时代不一样，生活方式也不一样了。我们要找一种新的空间或者新的方式将人们再连接起来。

现在越来越多的城市功能移到“线上”去了。之前城市里最主要功能——商业购物功能很快就在城市里面消失，城市里的空间越来越变成体验、交流的空间。越来越不需要见面、不需要聚在一起的我们，如果要交流的话，线上交流就行。建筑要思考的问题是，在这样的社会环境中，什么样的空间可以让人们重新聚在一起，激发新的交流。

说得真好。当今很多建筑师坚信，不可能在一个使人感到有归属感的地方设计建造，因为我们之间的距离疏远了。在当下这个时代，每个人都能轻易和其他人联系，唯一深层次属于我们的好像就是记忆了。您觉得建筑对于记忆来说是不可或缺的吗？

我记得博塔说过，更应该把房子看作是我们记忆中的一部分，一间房子承载着一个地区的理念、一个地区的根源和一个地区的记忆，对他来讲，记忆几乎是建筑的根基。您怎么看？

青山：因为我们现在不见面做事情很方便，所以见面的价值反而越来越高。像现在很多人不买音乐不买 CD，但是越来越多的人去音乐演唱会一样，因为我们越来越不需要物理空间，所以物理空间的价值越来越高。互联网越来越节省我们没必要的生活的时间（比如说买日常生活用品、做饭、开车等等），人工智能越来越节省我们没必要的工作的时间（简单的生产、有规律性机械可以替代的工作），剩下的时间我们应该用于交流。

04

我觉得建筑对人的记忆来说不一定是不可或缺的东西吧。很多时候香味也会直接启发过去的记忆。不过建筑会承载集体记忆中比较主要的东西吧。

的确，现在的许多建筑，它们唯一的意义就是能上城市名片，能被拍到，能在媒体出现，在大量的印刷品中出现，意义远大于在现场体验。这仿佛是这个时代建筑的宿命。

青山：网红脸建筑（笑）。

我知道您在中国学习、工作、生活十多年了，不知道中国能不能称得上是您的“第二故乡”，当您试图去寻找中国业主生活中更深层次的非物质层面的信息的时候，比如他们所处的大的历史文化环境，您是否会感到一种文化上的隔阂？

青山：因为我不是科学家，我的想法和我的逻辑不一定需要是准确的。我对业主历史的理解，我对胡同环境的理解，不需要科学家、历史学家的那种准确性。我不需要去准确了解它，我会用我的想法和我的逻辑去理解它，把它变成我创造的种子。

01.南锣鼓巷大杂院改造项目 02.03.灯市口L形之家项目 04.南锣鼓巷大杂院改造项目

05.原麦山丘华贸店项目

06.南锣鼓巷大杂院改造项目

Architecture Reborn: Old Buildings, New Change

改造之名："冲突"的消解

文Writer_XY 图片提供Pictures_各建筑事务所提供

"改造"，是一套非常复杂的系统。无论是一座建筑，或是一座城市，除了改造过程参与主体的丰富程度有所区别，这个系统本身其实也是一次次冲突的消解：材料、结构、文化、历史的新旧冲突，建筑社会性的冲突，改造实际要解决的是这些隐藏着的斗争——如何消解冲突，以适应新用途的需求，以及如何最大化满足这种需求，都成为参与的设计者兼需纳入思索的议题。我们找寻到这些改造项目，有大有小，应用层面各有区分，分别呈现了改造前前后后涉及的不同维度：历史、文化、设计、政治与社会…呈示了冲突如何被消解，以及如何通向未来。

New York · 纽约

肉库区："从荒野到时尚和艺术的中心"

就像中世纪的伦敦也曾满地垃圾与牲畜内脏，那些文明大城无不是从肮脏的缝隙中重生。纽约也是如此。到了发达的二十一世纪，旧时代兴盛之地变成城市的遗疮，曾填饱纽约人之腹的屠宰市场，却也是人皆避之的灰色地带，哪怕它在曼哈顿附近。这是纽约肉库区（Meatpacking District），昔日的都市肮脏之角，曾无时无刻不向哈德逊河注入恶浊——而现在，继 2004 年《New York》杂志将肉库区评为"纽约最时髦街区"后，随着 2009 年高线公园（High Line）的首段开放，现在的肉库区向整个纽约输送的已不再是血腥饕餮，而是新时代生活的活力。

纽约摄影师 Brian Rose 曾在 1980 年代探访了当时的肉库区，清晨他看见人们在金属遮阳棚下处理悬挂着的动物尸体，夜晚则是妓女们在同一条街上打转，穿着皮革大衣的男人消失在一家家性俱乐部的大门里。唯有白天，这个地方仿若歇场的舞台，灯光熄灭，一切死寂。2013 年，Rose 再度走访这里，一切却已截然不同。各大时装屋的店面、精品店、画廊，污浊早已不再，这里一跃成为滋养纽约人物质及精神视角的新沃土。最终 Rose 在自己的影集 *Metamorphosis: Meatpacking District 1985+2013* 中，时空交叉，呈现了肉库区各个角落的"变形记"。

•BEFORE：要追溯肉库区最早的历史——这里曾是哈德逊沿岸的贸易口岸，直到十九世纪中叶发展为集合住宅与重工业的居民区，有着众多木工厂和陶器厂，内战时又出现了不少酿酒厂。日后，到了1900年，基于肉类、禽类及乳品交易的贸易在此兴起；到了1920年代，这片区域已经成为肉类加工的重点区，不少海运用品、化妆品及运输业务在此中伴随。超市时代的到来，令肉类的分销模式上升到国家制度的监控高度，肉库区逐渐走向衰落。1980年代时，这里成为了毒品及性交易的中心。

•AFTER：旧历史的戛然而止是发生在1980年代中期，彼时艾滋病防护迎来高峰，肉库区所有店铺都被强行关闭。直到十年后，一系列高端精品店在此地重新开门，Diane von Fürstenberg、Christian Louboutin、Alexander McQueen等店面亮相，预示了肉库区的转型从此开始。2007年肉库区被划入纽约州和历史名胜国家登记名录，随着全新高线公园的开放，在现代生活及"历史感"的冲突及博弈之中，一座座新建筑拔地而起，肉库区重塑为一个以购物、文化生活、艺术为核心的区域。

01.十九世纪中期的肉库区，曾经的高线铁路经过这里，把各类肉类生鲜输送至纽约各角落

02.肉库区旧景

03.04.经过改造后的肉库区天际线，这里如今成为时髦的商业和住宅区

05.摄影师Brian Rose曾经在不同时期拍下了肉库区的建筑，最终呈现在其摄影集里，强烈对比今昔

06.红砖建筑是肉库区经典的一种建筑形式

07.08.肉库区的Apple Store和街景

△ Standard Hotel

建于十九世纪的高架货运铁路如今重生为高线公园，无疑是近几年纽约最闻名的改造。高线公园穿过第九大道及格林威治村，也途经肉库区，其中肉库区新建的Standard酒店就跨越高线，成为唯一一座横跨高线公园的建筑。操刀设计的是Ennead建筑事务所，运用混凝土和玻璃作为酒店建筑主材料——“这反映了纽约的特征：混凝土的坚固与玻璃的细致”，同时餐厅的外墙采用回收而得的砖块构成，保留了Meatpacking区往日的痕迹。

△ Whitney Museum of American Art

纽约人永远爱艺术，肉库区如今的一大文化地标即是2015年开放的全新惠特尼美术馆新馆。诞生于意大利建筑大师伦佐·皮亚诺（Renzo Piano）之手，充满了纽约钢筋和混凝土的隐喻。老惠特尼美术馆曾不断呈现着最精彩的美国现代艺术，而这座新馆，在曼哈顿中心毗邻高线公园之处，九层高的玻璃钢结构中，在五万平方英尺的展厅内将上世纪与当今的美国艺术更完美展示。新馆雕塑般的结构宛如一个个不同大小的方块彼此堆叠，皮亚诺意在与此地众多的仓库及Loft结构建筑呼应。

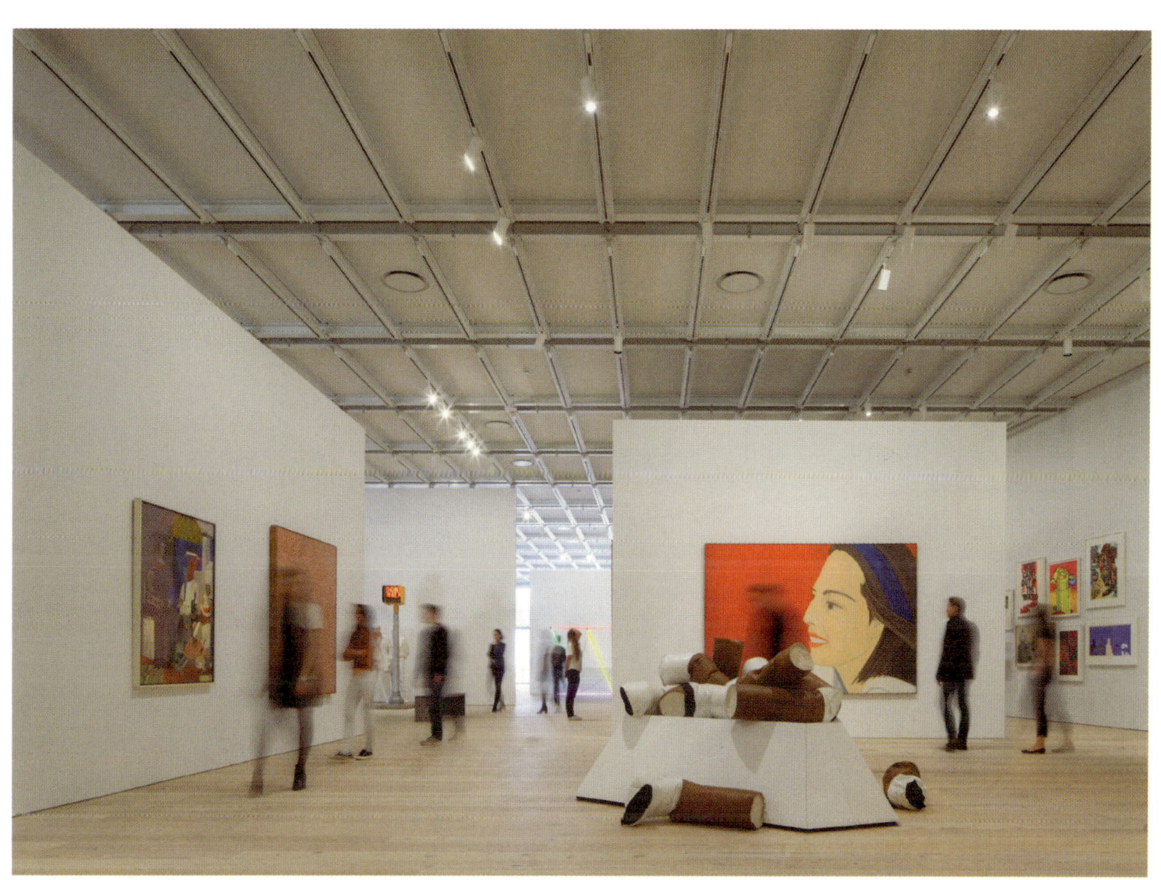

△低层建筑的新屋顶

1999 年开业的 Pastis 餐馆曾是肉库区新生之初最出名的饮食店，这家法式餐厅坐落于一座双层红砖建筑内，一度是纽约最热门餐厅之一。餐厅几年前关门，该建筑则因是肉库区为数不多仅存的十九世纪建筑，成为封存光荣历史的地标，受到地标保护委员会的管理。纽约 BKSK 建筑事务所受委托对建筑顶部进行设计，先后经过两次设计方案后，以金属框架为主、中间部分插设玻璃板的新顶部结构架设其上，变为肉库区新与旧联合的街区符号。

△肉库区建筑天际线①：IAC 办公大楼

从肉库区内部到其周边，如今也展现了一个全新的纽约天际线。2007 年竣工的 IAC 办公大楼，为弗兰克 · 盖里（Frank Owen Gehry）在纽约落成的第一件作品。这座建筑，从东南西北四个方向都会产生截然不同的视角。玻璃幕墙本身也极其有特质，每块玻璃从中间向上下两端呈现透明到乳白色的变化，这是低熔点玻璃原料在不规则弯曲中密集形成。

△肉库区建筑天际线②：Condos 公寓

在IAC大楼对面，由让 · 努维尔（Jean Nouvel）设计的住宅大楼定格在第十一大道的一百号，这座建筑延续了努维尔1987年设计的阿拉伯世界研究中心的典型钢同玻璃结构，并提升到一个更复杂的高度。主要的南边幕墙采用了不同的共计一千六百四十七块无色玻璃窗，在精心计算的钢结构中，交替着不同方向的层叠组合，更令建筑物内部捕捉到充足的光线，以及来自曼哈顿海滨工业的城市肌理。

Hongkong · 香港

中环宝地变身创意温床

作为香港政府 2009 年推出“保育中环”计划的一部分，荷李活道的原有已婚警察宿舍，现改造成为了一处创意中心：香港创业产业中心 PMQ（元创方）。这个项目可以视作香港政府的参与性、城市密集空间如何活化、香港产业发展趋势，乃至历史建筑如何接壤新时代的缩影。香港本身就是改造再改造的无限反复，有限的城市空间中不断更新的社会生活，这座城市几乎每一天都有“改造”在发生。而前已婚警察宿舍本身地理位置十分优渥，毗邻兰桂坊及 SOHO，被完全应用于创意产业，可见这座城市的生命力依旧留给未来。

•BEFORE：中环街市在香港以一系列带有包豪斯风格烙印的建筑出名，原已婚警察宿舍也以干练的金属结构、简明的白墙建筑体，定格为一处现代主义建筑。这片建筑区更早以前是香港首间由政府创立的学校——中央书院的原址，1948年被重建为第一所为已婚初级警察的宿舍，2000年空置。从建筑到区域，这里实际上是厚重的历史遗产。最终，这项改造项目成为完全社会化的产物：从前期用途向公众募集方案到资金募集等，诠释了公共建筑改造的公共语境。（图为改造前的原建筑内部情况）

•AFTER：原先的已婚警察宿舍共有三座独立建筑，两座用作宿舍，另一座则是附属宿舍大楼的少年警训会所楼，在建筑的前后及之间，更有四处台阶，以及近一万平方米的公共广场。香港政府在2008年进行了公共咨询活动，以收集市民们对重新利用该址的意见。最终，这里被用作发展创意产业及教育的用途。PMQ的两幢主楼名为 Hollywood 和 Staunton，分别以其相邻的街道——荷李活道及士丹顿街的英文名命名，两座楼且在四楼有长廊互通。

除了宿舍区域，周边还有原先中央书院的遗迹，从围墙、瓷砖残片，到宿舍空地的地下空间还保留着书院原有的地基，甚至是一些文物。整个施工过程对宿舍建筑作了修复，建筑区域周边的围墙、台阶，树木等则进行保留；中央书院的文物则在重新改造的地下空间“Glimpse PMQ”进行保存、展示。

△建筑里的“设计师村”

现如今的PMQ拥有一百多个创意工作室的店面，在改造之初，运营者即开始征集合适的设计师工作室或品牌、机构入驻，每个空间的租金可享有两成至五成的折扣。在PMQ开放之前，香港的创意中心集中在赛马会创意中心、沙田伙炭艺术村等，多是旧工厂变身工作室的方式——PMQ则提供了创意终端、产品陈列及销售的平台。从空间上来说，每个工作室或品牌本身的创意表达，也赋予每个旧的宿舍空间多元化的视野。

△重塑西餐厅

PMQ有处区域开放为西餐厅，两间餐厅分别位居上下两层，皆出自香港本土最受关注的室内设计师Joyce Wang之手，整个空间倒也可见这位设计师惯常的手法：金属结构的广泛应用。这实际上是两间西餐厅，楼上的空间拥有鲜明的装饰性贯穿其中，还有一个圆形的私人餐厅。一层的Isono餐厅则营造了一种开放式的街道感，如同将香港传统的大排档并入室内。餐厅的墙面也经常用作播放电影。

△公共场地的灵活触角

因原警察宿舍区域拥有宽阔的户外空间——是早前为用于警察训练的场地，如今PMQ将这些公共空间充分利用，位于地面上占地面积一千平方米的 "Aberdeen Courtyard" 及 "Marketplace"，经常用于结合多元化装置的户外展览、市集，乃至一些品牌的发布会，以让展示及活动在户外空间充分活化。另有位于两幢主楼中间占地六百平方米的多用途会堂 "QUBE" 则成为举办一些讲座的场地。

Milano · 米兰

PRADA 基金会：新与旧的冲突并不可怕

PRADA基金会项目无疑是近年建筑改造项目中的翘楚，从客户本身、建筑活动用意，到操刀的设计师——荷兰建筑师雷姆·库哈斯（Rem Koolhaas）的OMA建筑事务所，每一项都令其备受关注。然而回到改造本身，则是更实际的空间利用议题：当越来越多废弃的工业空间转化为艺术场地，建筑师的考量不仅是对空间结构作出设计，还必须将艺术空间日后如何利用——即功能——进行最大化的考量。

OMA在做改造时，原有建筑具备一定的密度。为适应这现实状况，OMA在主建筑周围加建了三个新的建筑，这包括展厅、一座塔和一个电影院，以满足更多类型的艺术活动需求。OMA的手法在于，通过建筑及空间场地的设计，更直接暴露新旧材料的对比。

Shanghai · 上海

中国都市新像：联合办公 + 工厂改造

联合办公这一模式在近几年渗透国内，从北京、上海到深圳，各地的联合办公空间几乎层出不穷。这种灵活多变的空间应用是社会进展、创业格局的写照，而室内设计也作为吸睛点被引入这些场合中——去年末开放的WeWork上海空间，几乎化身为最佳的解说。

建筑位于上海浦西的老城区，四周被商业区、居民区等上海新旧社会生活包围，曾是上海元件五厂，随着工厂倒闭被闲置，在经历了转化为艺术家工作室的空间后，曾一度成为上海艺术领域的活跃中心。WeWork作为新一代联合办公平台，携手中国地产，将这座建筑化作其理想的办公地址。该项目由上海的设计工作室Linehouse负责改造设计，在保留建筑原有的砖瓦结构之余，开放性的空间借助不同的材质、肌理、结构，对丰富的工作区域进行划分。最有趣的当属建筑内部的楼梯细节，侧面结构以木材辅以蓝绿渐变色彩，从局部到整体，让这座老工业建筑显露年轻，成为联合办公灵活性氛围的空间。

London · 伦敦

维多利亚时代学校的后世

伦敦多塞特郡有一座建筑源生于维多利亚时代的女校——这诞生于旧时代的建筑本身，几乎是当时军事化教育的写照：完全修道院般的布局，一个大房间、单一狭长的走廊、一个个单元格的卧室及浴室，显示出秩序，但也缺乏情感。这座老女校的改造项目，后来落入伦敦建筑事务所McLaren. Excell的手中，被重新设计为一座住宅。

全新改造后的住宅保留了昔日女校的那种“克制”，混凝土地板、简明的白色墙壁，简化结构的空间内，却是建筑师对“自由”的引入——这份自由属于居住者。从窗户的巧妙开设位置以引入户外景色，到客厅、餐厅、卧室的宽敞空间，甚至其间还设有一处中心聚会场所——不是为了设计的表现欲，却是在旧有结构中尽可能开放地为居住者创造生活的可能性。

Munich · 慕尼黑

德国陈旧工厂里的新热门酒店

如果说德国人留给世界的印象是沉闷与严谨，慕尼黑这座城市几乎就是这种民族性格的代名词：作为德国南部经济中心，慕尼黑在二战后重点发展工业，如今则将高科技工业与传统农牧业乃至足球等代表休闲活动都集于一体。但在历史发展的碎片里，还有一座座已被时代淘汰的工业建筑。这座城市也面临解决新与旧的冲突。2015年开放的Flushing Meadow酒店，除了建筑改造，更是出自城市居民的集思广益。透出一种新慕尼黑的融合感，完美解决了新旧冲突，如今它已成为欧洲热门酒店。

这座酒店处于慕尼黑Glockenbach区的一座建于1970年代的工业建筑内，灰色的混凝土建筑之内，设计师在设计时保留了建筑的原有结构，分别对内部不同的区域和空间进行功能设定，酒店的每个房间分别呈现音乐、电影、体育、设计等不同主题，摆满新锐设计师的家具，音乐为主题的房间则被歌词和乐谱装饰。原有的顶层被改造为一个户外酒吧，可以将城市的天际线尽收眼底。这次新旧改造更呈现了一次新时代背景：打破阶层、人的身份职业设定，旧建筑躯壳重新适应了新的岁月。

The Flushing Meadows
HOTEL & BAR
The Flushing Meadows Bar

Good Belongings for the Farstriders
现代异乡人的自愈行囊

文Writer_XY 图片提供Pictures_品牌提供

二十一世纪的“移动世代”，或对世界抱有好奇而乐于漂泊，或终究选择虔诚于理想，但也会在某刻，成长经验窜入当下，带着对亲友或是家乡风味的想念。对此，一些设计和产品能提供解决方式。

① 整理碎片的直观方式 | HAY Pinoroma Board

任何物件都可能承载相关的记忆，老照片、字条、票根，我们会把它们夹在记事本中或随身携带，又或者，在家里独留一个角落存放，每个人都有各自的收存方式。对于生活在他乡的人而言，夹杂在忙碌拼搏生活里的乡愁旧事，寄托此类情绪的物件也可以始终与现实并存。法国女设计师Inga Sempé为HAY设计的一组灵活性墙挂版，以模块化的网格挂板、软木搁板、挂钩、小收纳筒等构件，满足了高自主性的日常碎片整理。金属网格框架的设计可以吸附磁铁，或是挂上挂钩、镜子，或是插入匹配的软木搁板，得以实现不同的收纳。家人或童年的照片，那些随身携带的故乡碎片，与当下工作之需的文具、记录共存，这份灵活，也是一块自我整理的自留地。

② 玻璃之匣 | Suck UK Bell Jar Lamp

十五到十八世纪间流行于西方的珍奇屋，常被视作是西方博物馆历史的开端。那些存放在玻璃柜子里的标本、面具等等奇珍异物，是贵族的闲情逸致，却也是人类好奇心的一大缩影。到了维多利亚时期，衍生出各种各样的玻璃钟罩。稀薄玻璃盖子用于防尘、隔离空气，也成为钟表、首饰等存放及展示的工具。这种一个多世纪前的玩意儿，当下依旧在西方家庭中屡见不鲜，也在生活方式传播中大行其道。不过，这确实是存放意义独特的物件的选择之一，隔尘且注入仪式感。Suck UK就把这种传统玻璃钟罩适度革新，底座内藏光源，因此也变成一盏夜灯。生活在异乡，总归有一些陪伴自己长久的物件得以支撑自己，这一玻璃罩灯把“存放”提升为珍藏，且是夜晚的明灯，正如物件本身的涵义。

③ 带走故乡的沙滩 | Memorabilia Factory

对于家乡靠海的人来说，搬到内陆城市生活，乡愁有时还包括对海洋的想念。渔村的人们、新鲜的鱼虾，或是不停歇的海浪声，这是独属于成长在海边的人转移地域后最为不同的感念。法国设计工作室Bold Design的一项作品，倒也可以将这份思念化作切实的物件。其实某个地方的纪念品，除了明信片、当地的工艺品等等，也可以是自然中的片段。他们设计了一种适于DIY的工具套装，这诞生于他们对海边沙子如何钙化的研究中，这套工具包括一组固化剂、模具、搅拌棒等，能将沙子固化、在模具内定型，最终无数散沙被塑造成小巧的装置雕塑。没时间回去看海，取一份家乡的沙土变成一物，不失为新鲜有趣的纪念方式。

④ 光线治愈 | Day and Night Light

从南方搬至北方，或是北方人生活在南方，不同地方的气候也影响着我们自身体质的形成，有时这种地域差异更体现在季节之交的变化中。从生理转向情绪，甚至有很多人会患有一种“季节性情绪失调”的症状，俗称为“冬季忧郁症”，这是多发生于秋季末和冬季的一种情绪波动症状。毕业于荷兰埃因霍温设计学院的设计师Eléonore Delisse，对此设计了一款名为Day&Night的灯具，曾获得Wallpaper设计大奖，她意在通过光线变化去调和受季节性影响的情绪变化。这盏灯的灯面采用二色性玻璃制作，内置一个时钟，光源在不同的时间会自我调色。光源在白天呈现蓝光以刺激头脑清醒，夜晚则变成橙黄的光线促进睡眠。这件产品本身实际是现代技术的产物，却兼具诗意，人与光线的关系在此中变得暧昧或清醒，也诠释了光线的微妙作用。

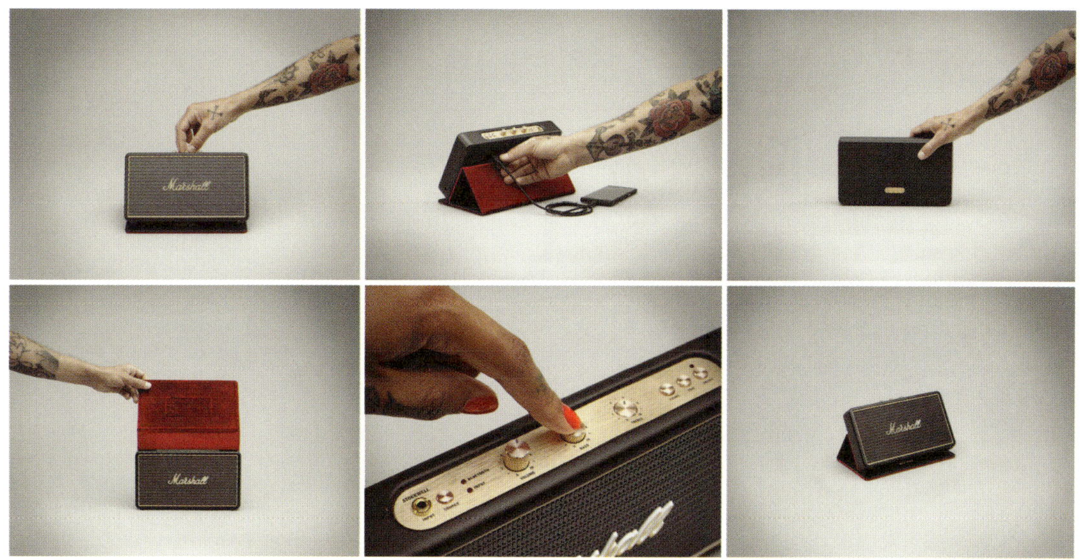

⑤ 随地振鸣 | Marshall Stockwell 旅行音响

音乐适宜独处，却也是与他人共享的媒介。吉他音箱起家的老牌音响品牌Marshall虽然扎根于摇滚舞台，但近年也向大众进军，一些产品成为普通人的必备播放工具。对于漂泊在他乡的人来说，当然少不了用音乐缓解决情绪，一个人时或是与朋友相处，音乐总是最好的调和剂。Marshall的Stockwell旅行音响，去除了传统音响的沉重感，仅重一点二公斤的分量让它足够便携。而老牌自身的音质水准，符合音声的要求，配有3.5音源线孔及USB接口，长达一日的续航时间等硬性条件，几乎满足在不同场合随时可以启动，随时调动情绪。身处他乡，却有幸在陌生城市结交一帮同道者，而音乐总是随时出现，装下彼此共有的经验。音乐，以及一台合适的音响，总能稀释陌生与孤寂。

⑥ 共有的月球 | The Moon by Nosigner

距离地球三十八万公里之外的月球，遥远却又以反射的太阳光，照亮地球的深夜——更让背井离乡者得以寻获一种共有的视野，成为数代人念乡情绪的寄托。在现实的产品领域，月亮的转化也屡见不鲜，赛博朋克们制作月球表面的时钟，也有直接将月亮浓缩为一盏幽静的夜灯。日本的Nosigner设计事务所在前几年就设计了一款名为The Moon的月球灯，源自发生于2011年的一次“超级月亮”现象——当时将近百分之三十的月球亮度照射在日本地域，Nosigner借助当时日本的月球轨道飞行器监测的月球表面数据，最终应用在这盏灯的灯罩表面制作上。这盏LED灯，几乎逼真地让月球进入室内，天涯共此时。

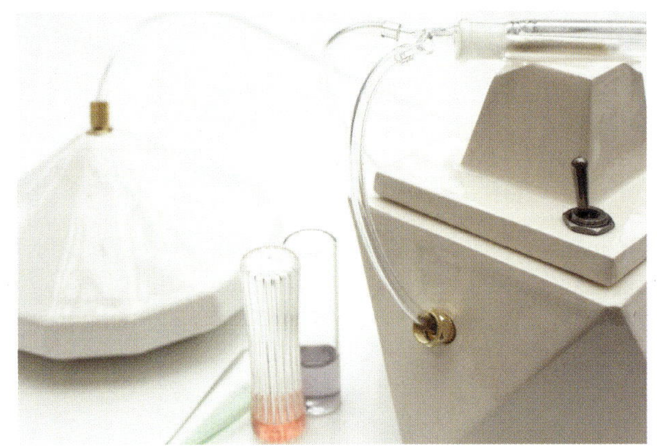

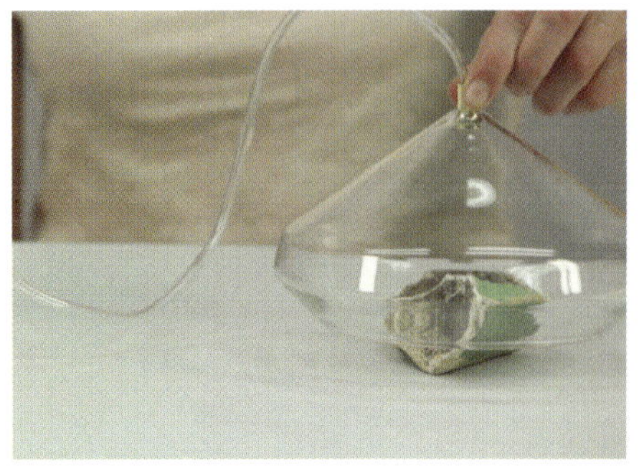

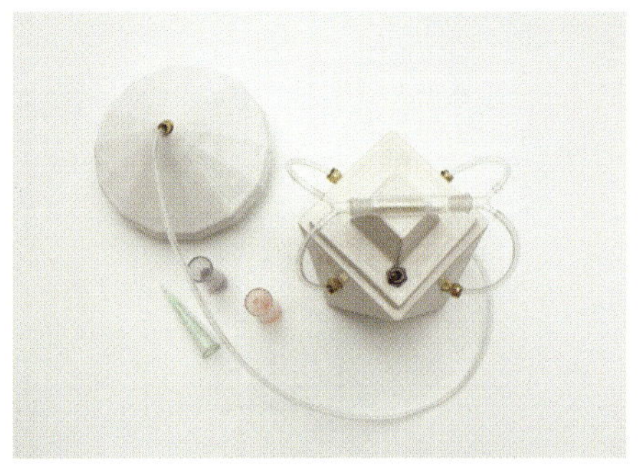

⑦ 气味相机 | The Madeleine

普鲁斯特对味道、气味与人的关系有了细致描写，一块蛋糕的味道及香气就能把人带回童年。在毕业于中央圣马丁学院的设计师Amy Radcliffe眼中，当下社交网络的普及正让人的“记忆”变得廉价，一张快速拍下的照片往往不够真实，同时我们的记忆变得视觉化，切身引起回忆的其他感受被削弱。因此她设计了一款“气味相机”，可以提取任何一个现实物件的气味。这套产品背后科学原理复杂，将上世纪七十年代在香料产业中发明的一种捕获技术应用其中。而操作方式是将物件置放在一件玻璃漏斗下，主控制器会开始抽取空气，逐渐将物体的气味挥发性颗粒萃取成液体。有时我们在他乡会因一种熟悉的气味找回归属，比如某种食物、天气潮湿的味道等，对此，这种气味提取器，即是一种实现方案。

⑧ 音乐记忆盒 | Music Memory Box

英国设计师Chloe Meineck的“音乐记忆盒”，是一件让沉默之物能够“说话”的装置。虽然这个项目的创作动机，是为了患有老年痴呆症的老人们所设计的，设计师意图将某个物件与声音绑定，使用者可以循声而激发相关的记忆。但正如项目最初是为英国一个“为未来设计”的比赛所作，项目原理本身可以在日后应用在更多领域中。设计师应用了射频识别系统，让普通的物件得以“发声”——假设这个程序有了更多的拓展，例如声音可以存储，那么远在他乡的亲人故友，或是任何当下的人声片段，当这些声音碎片与物件联结之后，这样一个音乐记忆盒，也会成为一件独特的记忆宝箱。声音、触感、视觉等等，统统联系在一起，任何一个物件的属性变得丰富，可以成为一个五感更完全的时间胶囊。

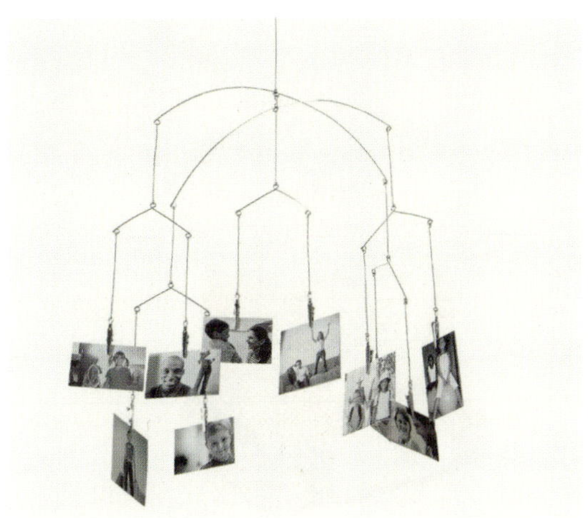

⑨ 晾晒照片 | Kikkerland Photo Hanging Mobile

美国艺术家亚历山大·考尔德(Alexander Calder)的动态雕塑至今仍为人津津乐道，悬挂性几何化的装置混淆重力与平衡，也充满趣味。而以创意著称的品牌Kikkerland把这种方式应用在日常照片的展示上（不过这种做法用DIY也能实现），与亲友的合照、甚是自拍，被悬挂而起，甚是成为一种装置。

⑩ 世界时钟 | World Clock by 11+

对于生活在海外的人们来说，与国内家人联络还取决于合适的时间，数小时的时差也会是一道保持交流的屏障。尽管受益于手机软件，我们可以快速掌握另一个地点的时间，不过一台汇集多个时区的闹钟也能深化满足这种需求。韩国设计公司11+设计的一款“世界时钟”，使用者只需通过转动闹钟机身，即能知晓另一个时区的时间。

⑪ 故土香氛 | Homesick Candle

美国品牌Homesick Candle将美国数个州的气味提炼——从俄亥俄到佛罗里达州，每个州选取当地一些自然的混合物，最终被浓缩在一罐罐香氛蜡烛里。对于前往纽约等地的南方青年们来说，这样一罐蜡烛几乎是挥发在空气中故乡的讯号。

⑫ 问好的衣架 | HELLO Coat Rack

一个人性化的产品，有时不仅在于功能，情感的投射也同样重要。这款来自英国block设计工作室的HELLO挂衣架，将手写体转化为形态，金属弯曲连接的状态自然成型，满足悬挂不同物件，同时在家中也可以制造一种亲切的视角。

⑬ 家乡味蒸笼｜JIA 蒸笼蒸锅

对于南方人而言，蒸笼几乎是南方小吃的一大必备道具，蒸小笼包、蒸饺子，传统的蒸笼以竹制的孔洞蒸盘，也是古时智慧的遗存。台湾设计品牌JIA将这种传统蒸笼重新塑造，结合现代化工艺，变成适合家内使用的蒸锅。包括蒸笼、蒸锅、蒸钵，整套灵感源自云南汽锅，也是新旧相结合的产物。

⑭ 最爱棉花糖｜Nostalgia Cotton Candy Maker

不同的复古浪潮从时装到产品，每年都会回归。美国品牌Nostalgia以上世纪六七十年代的美式生活为蓝本，从日常食器、料理机等出发，为当下生活注入二战后美国腾飞年代的视角。其中的棉花糖机，从欧美流行到中国，也是一批八零后、九零后的童年集体回忆、故乡依恋糅合着对自己少年时代的缅怀，这样一台造型复古的棉花糖机，也成就了成年漂泊时回忆的胃口。

⑮ 汽笛声水壶｜ALESSI 9091 Kettle

作为意大利品牌ALESSI的一款经典产品，这只诞生于德国上世纪工业设计大师Richard Sapper的水壶，鲜明的壶口造型，实际上也是为这水壶的鸣音服务——当水烧开，水壶会响起悠扬的汽笛声。设计师希望重现自己家乡河流中的汽船之声，这熟悉的汽笛声也将消解更多人的乡愁。

⑯ 旅途愉快！｜Flight 001 4-in-1 Adapter

不少人预言未来将会是“移动世代”，不再局限于定居于某个城市，灵活的办公方式让年轻人越来越倾向随处漂泊而居。Flight 001作为关注旅行生活方式的品牌，从便携衣袋到护照钱包等，色彩多元的产品成为热门。这件全球通用的旅行插座，拥有乐高般的积木组合和色彩碰撞等特色，满足随时出发前往下个目的地。

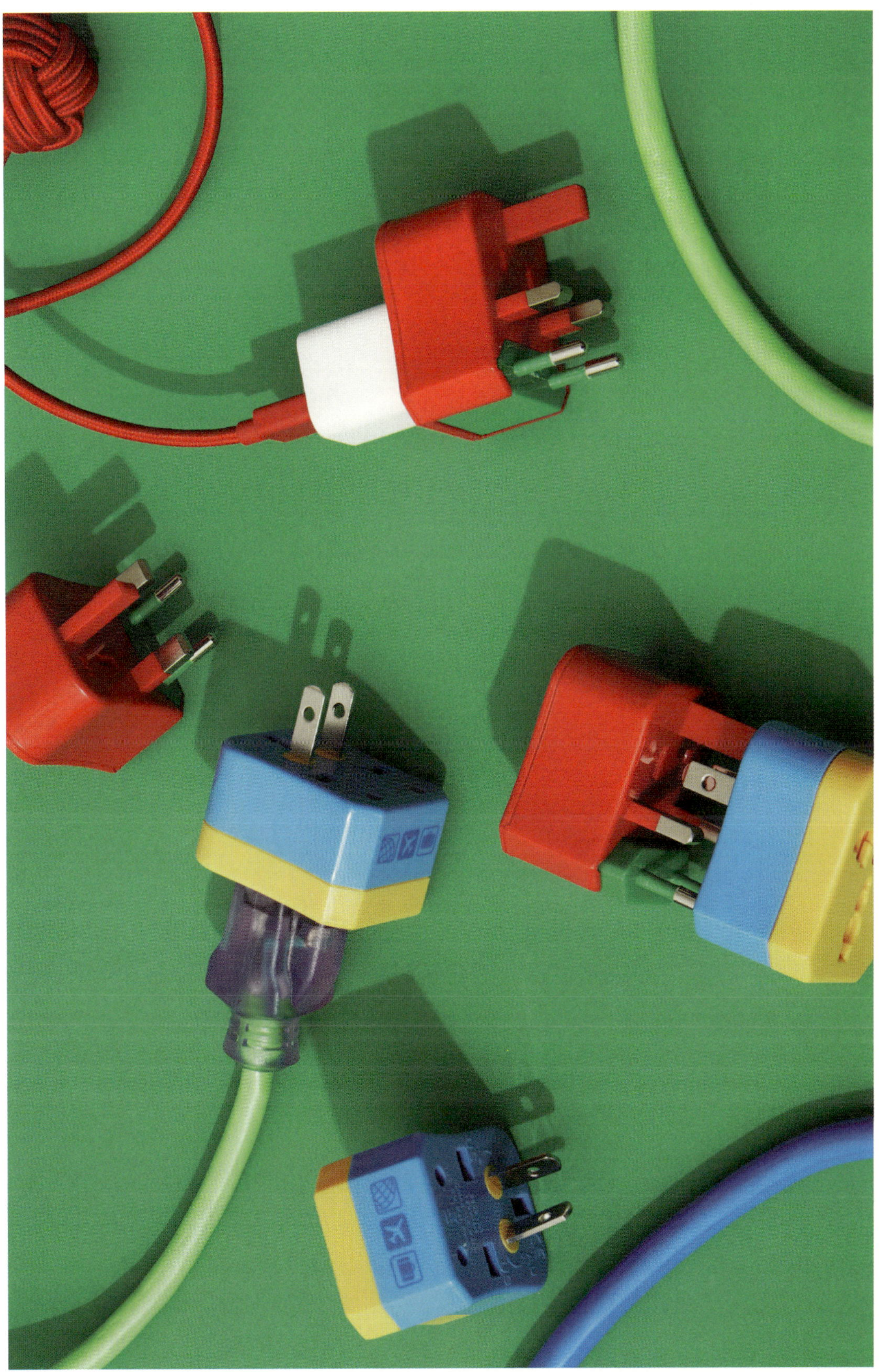

The Teenagers Gone with the Old Small Town

灵光已逝的故乡和小镇少年

文Writer_黄晓亮 摄影Photographer_黄晓亮

黄晓亮，摄影师，毕业于青岛大学美术学院数码媒体专业，现工作生活于长沙和北京。2010 年三影堂摄影奖特尼基金会奖、今日美术馆设立的方骏奖·金奖、美国纽约特尼基金会奖获得者。

2014 年的夏日黄昏，我和朋友骑车穿过正在开发的郊野，往更偏远的地方走，试图寻找一片带有童年色彩的地方。

我们骑着车经过开发区，在靠近山野的地方居然看到了一个很庞大的水泥厂，各种管道缠绕，灯光闪烁，在青山绿水之间俨然像一个外星生物，一阵阵的工业气味扑鼻而来，有点使人产生幻觉。眼前的超现实景象，让我又惋惜又紧张，紧张是因为视觉上的冲击，莫名的激动。惋惜人类不珍爱自然，而又无法抵御自然，只能让美好逝去，仅存迷惘的私欲。

很多工人从大门里走出来，走在灰蒙蒙的桥上，一辆卡车疾驰而过，扬起好几米高的飞尘，将熙熙攘攘的人群映衬在朦胧之中，画面壮观得超乎日常视觉经验，让我想起沙龙摄影里常常出现的歌功颂德式的照片。我们接着往里走，离工厂越来越远，静谧的自然气息愈来愈浓，穿过一片树林，远处夕阳余晖下矮矮的土墙房子，炊烟正起。下了一个坡之后，就看见河流了，河上有一个不高的水坝，一群孩子就在那里跳水，嘻嘻闹闹。刚刚归来的农人和牛都在河边歇息，坝上有一大片鹅卵石河滩，清澈见底的小河对岸就是一湾湾的青山。

这十足的农耕乡野之景和之前看到的那一片当代工业以及城市化进程的景象俨然两个世界，距离不到两公里，却隔了一座山，仿佛隔了若干年。我站在河坝上看这些孩子游泳跳水，想起自己的二十年前也在这样美好的环境中生活过。当然，回忆起来总觉得是美好的，用米兰•昆德拉的话说，就是身处童年的时候并没有意识到童年的美好。意识到美好的时候，童年已然逝去。

二十年前的某一天，我和阿召还有阿辉三人在镇上的河边第一次认真抽烟，抽烟是为了告别快要结束的小学生活，即将成为一名十足的少年进入初中，又传闻我们即将要去的那所中学江湖气特别重，我们三人怀着莽撞的匆匆之心要先学会一些江湖派头，抽烟是要学的。

镇上的河，卫生和传说都不是很干净，抽着烟看着眼前的河流，未来一派稀里糊涂的景象模模糊糊出现在脑海里。忽然阿辉说："将来我们都要好好地混。"阿召回应道："我们要好好地读书，混社会就算了，你混好了罩我们吧。"我不知道说什么，深深扯了口烟。三个人坐在河边的大石头上，吹着混合了下水道气息的风，又点上了几根。

阿召有个表哥说是混得不错，阿辉老想跟他见识一下。有天阿召就把他的表哥叫来学校玩了。我们一起到公交车站接他，下车后他第一件事情就是请客抽烟，让我倍感震惊，因为我们平时抽烟都是躲着的。阿召的表哥长得特别江湖，背着一个黑色背包，穿着黑色板鞋，黑色西裤和白色衬衫，正儿八经港片里的中分发型。边走边抽烟，手时不时要摸一下中分头。他不让阿召帮他背包，说包里有"家伙"，我大概能懂"家伙"是什么，也许就是一把水果刀之类的。一路走往学校听他讲他们那儿的恩怨情仇。

到了校门的时候忽然听见有人大声喊道："你给我站住，搞什么！"我们这才回头，一个壮硕的成年男人从车上飞奔下来，只见阿召的表哥拔腿就跑，可能板鞋太滑加上他自己太过心慌，没跑出多远就摔了，成年男人提起他的衣服就是一阵狂抖，书包被狠狠摔在地上，从书包里甩出十几把长刀来。成年男人见后更是对他一阵狂揍，阿召的表哥被打得稀里哗啦……

我们三个站在一旁被吓得痴痴不敢做声，从他跑到摔下然后被抓上车，整个过程不到五分钟，也就是说阿召的表哥在我们学校仅仅待了五分钟。他表哥走了，我们又到河边去抽烟。河风扬起三月的杨柳，几只燕子飞过，柳枝条随风而起。

一晃很多年，在来来往往的人群中，一个熟悉的面孔和我擦肩而过，我回过头看的时候，阿辉光着膀子搂着两个女孩，黄昏里隐约看到一条青蓝色的龙尾甩在油亮的背上，我一直看着他们远去，背上的纹身越来越模糊，记忆却逐渐清晰。

我的生活一直在乡野和城市之间交替。长大后因为种种工作的因素，我更多是在城市里生活。对于乡野越来越像是一种理想。它的景象在时过境迁的很多年后，似乎还停留在记忆里。人的生活经验来自于自己日常的积累，经验往往告诉我们事物本身应该是什么样子的，所以才会导致我们对于已经逝去的东西有一种经验上的回忆，一种无限的期待和想象。

当我开始有更多的时间接近乡野或者是生活于此的时候，发现自己发呆的状态比以往多了很多，眼前所看到的景象既能唤起童年的记忆，又能引导自己去想象如何在这里生活得更有乡野的味道，这也就是所谓的反思吧。不仅风景如此，人情世故更是有浓浓的不知所措。乡愁是什么，乡愁就是回到曾经很想离开的那个地方。那个地方是梦，返回现实，即是乡愁的终结，是又一次醒来。其实没有什么另一个世界，另一个世界只存在于自己的心中，现实无论在哪里都是日常。

Farewell, the Golden Age of Hong Kong Movies

无根的香港电影，犹如一个畸形的孤儿

文Writer_王梆

香港曾经的魅力，不在于置身厚盾襁褓中的母语魅力，而是一种荒岛求存的再生魅力。

它吸收养料如一只巨大的海绵体生物。从英国那里吸收了英伦摇滚、青少年次文化；从美国那里吸收了好莱坞、迪士尼主题公园、Hip-Hop、Jazz-Punk；从东瀛那里吸收了卡拉OK、日本跳舞音乐、安室奈美惠的染发、滨崎步的豹装…… 还有从韩国那里吸收的K-Pop、韩剧、韩国街(金巴利街)、金马伦道的“草苑”和美丽华中心“新罗宝”的“正宗韩国料理”……

但是香港的魅力，也形成了它的隐患。因为吸收速度迅疾，刚刚流行的旋风还未停息，另一股飓风又已经来临，像沙漠中的沙砾，“风”成了雕塑师，不可确定性和变幻莫测成了“主题”，浅藏在沙砾底下的任何思潮都根本来不及巩固，也找不到安全地基，就行将摧毁。

梁文道写过：

“所有外来的潮流文化或者流行文化来到香港，就变成了一种彻底装饰性的潮流。人们去RAVE PARTY，并不是因为RAVE PARTY里有什么样的精神、什么样的价值、什么样的感觉，他只是想，我身为潮流的一分子，怎么能不去RAVE呢？……香港是一个非常追逐表象的社会，它很单一，单一到只追求表象，整个社会只往同一个方向去，所以，香港的夜生活也很单一化。你跟台北比，台北有通宵的书店、通宵看漫画的地方，嗜好很多元化，但是香港不会的。在香港，你从来只能讲机会，我不能说我永远坚持做牛仔，只能说这一阵子大家流行牛仔，我就搞牛仔这一套，要看准时机，过了半个月，不流行牛仔了，我就要另搞一套。香港人的执著，是执著于别人怎么样看他。西方的潮流，在流行热潮过去之后，还会有一批人，数量不大不小，还会坚持那个潮流，比如朋克，今天一点都不流行了，可是英国还是有些人，就是朋克，永远朋克下去。但是香港不会的，因为过时了，过时就会被人笑，他很怕被人笑。”

所以香港电影的最大特点，就是首先追求“时效性”和巨大的商业回报。在香港经济最澎湃的二十世纪七十年代至九十年代，商家制造如火如荼的造星运动、

王郴，从事过美术教师、陶艺工、设计师、记者、编辑、策划人、影评人和社会义工等多种工作。出版有电影文集《映城志》，中篇小说集《亚特兰帝斯》和多部绘本小说集。拍摄有纪录片《刁民》，剧情片《捕鼠器和玫瑰花》等。现居英国剑桥。

电影繁荣以及浮躁的市民心态，这个心态中发展起来的香港电影业像一个超市。

超市总是膨胀发展的城市中最中坚、最贴近市民生活愿望的消费加速器。它融会了种类繁多却大多缺乏个性的商品。这些电影具有超市货品般的特性：因为简单、实用、轻松娱乐、易于理解、口味适中，曾经是大众生活中的佐料。稍有异味的，买的人少，超市经理也就陆续减少货源，或者放在少众柜台，少众柜台的存在，不是因为它必须存在，而是一种时尚。

人们选择一种电影或者观影方式，是来源于其价值观念：在一个节奏和速度飞快的城市中，人们会选择“一种不需要太多时间就可以看完的电影”，比如说徐克的《夜来香》《新蜀山剑侠》《笑傲江湖》《东方不败》《黄飞鸿》《新龙门客栈》等，王晶的《精装追女仔》《赌神》《赌圣》《至尊双雄》《逃学战警》《逃学威龙》《新城市猎人》《新少林五祖》等，吴宇森的《纵横四海》《喋血双雄》《风语者》等，杜琪峰的《开心鬼撞鬼》《八星报喜》《枪火》《再见阿郎》《钟无艳》《瘦身男女》《全职杀手》《孤男寡女》《百年好合》……虽然这里面不乏体现香港电影精髓的经典作品，不乏许多在香港电影史上闪光的影像瞬间，但它也同时催生出这样的电影观念——在今天看来，愈加明显，有更多市场的确实是“不需要太多时间就可以看完的电影”。

当然，这些电影也“不需要太多时间就可以做完”。

这种“不需要太多时间”的消费品及其观念，剥夺着影片创造者和观众的创造力和想象力，意味着“粗糙”，这种粗糙并非是低成本制作或者特技的缺陷导致，而是拙劣的桥段，简单的模仿、复制和粘贴，并不幽默的搞笑，空洞的感情，缺乏影像美的画面，生硬的剪辑和配乐；意味着“浪费”，浪费大量的金钱和大多数人的青春。

它的存在价值就如同快餐或者超市商品的存在价值，人们固然需要它，但要赶时间去做其他更重要的事情。在经济迅猛发展并时刻伴随着危机感的城市，人们

图片出自电影《阿飞正传》《重庆森林》《甜蜜蜜》《旺角卡门》。

的需要有时候像泡沫一样，需要泡沫的七彩斑斓，却忘了它的转瞬即逝。

恍惚间，看罗家英在《我爱厨房》中扮演变性阿姨；吴君如在《最佳损友》中挖鼻孔，在《爱君如梦》中擦皮鞋剃腋毛；第十八届香港金像奖上致辞的吴镇宇长出真胸、变身中环白领出演《丰胸密CUP》；《贱精先生》中的“诗人”刘以达叹世道低迷，找食艰难、杀人都须买一送一(《买凶拍人》)……

虽然由此可窥香港演员的敬业精神和娱乐底蕴，但也不禁为黄秋生说的那番话感慨唏嘘：“我看自己的都是烂片，这让我觉得很羞愧，所以从那个时候我就告诉自己，不行，我这样不行，我要停拍了，如果我是个艺术工作者的话我就不要这样做了。” 尽管如此，黄秋生还是会接林超贤《怪兽学园》那样的戏。

遗憾的是，这个即使是超市般大众口味的电影市场，现在亦人潮冷落。

华裔导演王颖在他的一部语焉不详的电影《中国盒子》中，称香港是庞贝城。张曼玉脸上那块疤，像巫师的镜子，仿佛预见这个城市将经历一场公元62年的大地震。所不同的是，《庞贝末日记》昭示着意大利电影的新生，而庞贝的香港，却暗指香港的电影工业乃至文化艺术领域的一场沦陷。

“经济不景气”，所以艺人没有太多的选择余地。所以就会出现《嫁个有钱人》那样的电影。搬动罗伯茨和李察·基尔《风月俏佳人》等等现代白马王子与灰姑娘的童话故事，发扬香港武侠片中的秘籍传统，撰写出一本“如何才能嫁给有钱人”的书。郑秀文按照书中的提示训练自己，直到奇迹发生，她终于遇到了两位有钱人，而且还为不知道该嫁给谁苦恼不已——是导演揣摩所谓草根阶层的心理得出的市场规律？还是继《阿呆拜寿》《大内密探零零发》《买凶拍人》之后的黔驴技穷？

香港电影的爱情，似乎《甜蜜蜜》的时代已经过去。首先想到的是如何“嫁个有钱人”，如何争取已经日薄西山的票房，所以像《我爱厨房》《贱精先生》《一碌蔗》《二人三足》《我的老婆唔够秤》《老鼠爱上猫》《我的左眼见到鬼》《异度空间》《恋爱行星》等等这些包装奇异的“爱情”充斥市场，便不足为奇。

即使是当地鱼龙混杂的黑社会文化滋生出来的，最具香港特色的镇山之宝——警匪片，似乎也已经到了陈年罐头的终极境界。隔了若干年，好不容易有一部佳作，《无间道》票房创了佳绩，获了金像七项大奖，接下来便又开始重蹈香港电影的续集传统。与此同时，为赶警匪片和“英雄”的热潮，陈木胜又开始向《英雄本色》和《喋血双雄》致敬了。

《无间道》之后的下一个热点，比方说数字的时尚，不知道能否通过对王家卫的重复和抄袭，比如，刘德华在《旺角卡门》里Call机号码88，张国荣在《阿飞正传》里的一分钟，金城武在《重庆森林》的编号223或者5月1日到期的三十个凤梨罐头，周慕云和苏丽珍在《花样年华》中幽会的旅馆房间号码2046……使香港电影重新回归二十世纪七十年代至二十世纪九十年代的“香港有个好莱坞”巅峰？

但现在看起来也很难。其实香港至今仍然不缺少立足于“香港人本体”的好电影，比如《僵尸》《踏血寻梅》《一念无明》《树大招风》，但无法阻止越来越多电影人纷纷逃离香港，投向了大陆的怀抱。《摆渡人》之王家卫、《喜欢你》之陈可辛，已经明显离香港电影昔日的黄金时代越来越远。香港电影渐渐长成了一个越来越少人关心的畸形儿，离开了“香港”、“香港人”和“香港精神”这个本体，只能尴尴尬尬地存在着。香港电影把自己的灵魂弄丢了。

连陈果都拍出《谋杀似水年华》那样让人感到生理上不适和乏味的电影，也许香港电影真如郑秀文所唱，是一个“没有运气的天使”。

没有人知道它会往哪里去。

选自《映城志》之《香港：明明不是天使》，有删改。

Folk Music, Wanders Here and There

民谣提供了一种安全的流浪想象

文Writer_丁日 摄影Photographer_何脑斯

“旅行的乐趣，就是沉浸在他人故乡，然后又完好无缺地走出来，心中充满快乐，任凭他人依旧承受着自己的命运。”

——波德里亚《冷记忆》

已经是中国民谣歌手在公众视野内泛滥成灾的第三或者第四个年头。数以万计的年轻人刚刚结束了集体围坐在音乐节草地上的热泪盈眶，心满意足踏上归途的列车。自从民谣火了之后，乘坐绿皮火车也不再是贫穷、没有身份的象征。这是一种情怀。

这个国家的年轻人对民谣的需求量前所未有的巨大——即便当初红遍大江南北的《同桌的你》，也未能掀起如此大规模高强度长时间的民谣热潮。无论是经过街边的奶茶店，咖啡馆，桂林米粉店，沙县小吃，过桥米线店，美甲店，甚至是小区里的理发店，都能听到《董小姐》《斑马斑马》《南山南》《成都》等热门曲目。在某些高档社区的便利店，你甚至可以听到女收银员小声哼着《易燃易爆炸》。

民谣热成为了这个古老国度里几乎能与广场舞抗衡的文化现象。曾经风光无限的选秀节目，依靠民谣再度掀起一波波热潮。烤串摊边上大快朵颐的金链大哥，也不知从何时起，把手机里的凤凰传奇悄悄换成了《三十岁的女人》，配以一脸的沧桑——尽管边上还是那个穿着假貂的整容脸姑娘。

为什么，民谣成为了二十一世纪的大众流行文化?

打开炙手可热的音乐网站，在“民谣”列表里，你能看到无数个歌单，动辄几十万至几百万的收听数量。在一些最受欢迎的民谣单曲下面，有几万个评论，这些歌曲的名字，往往与某个地名相关，歌词里则充斥了“远方”“故事”“他乡”“故乡”“温暖”“姑娘”“流浪”“迷茫”“悲伤”“离别”“再见”等字眼。

是否让你想起十几二十年前的许巍？可惜他生不逢时，而且前奏总是太长，副歌总是过于高亢，不利于广为传唱。对于当下来说，几个简单的和弦，平淡如水的旋律，间或一两个普通人也可以驾驭的高音，就已经足够了——前些年大家都喜欢飙高音比嗓门大，但总有审美疲劳的一天。“没有什么能够阻挡”显然不如“斑马斑马”更适合闲来无事时随口哼哼。

当然，对于大多数民谣爱好者来说，旋律并不是最重要的，最重要的是——歌词。歌词在唱什么，是否通顺，也都无所谓，他们在意的是，歌词中出现了他们想要的字眼。通过这些字眼的刺激，他们完成了一次对于“生活在别处”的想象。

这和经济的发展相辅相成。

现场弹唱民谣的马頔

十几二十年前的流行音乐，给大众的教育是“灯红酒绿国际化大都市里的生活和爱情”。比如说，你是某某女校里青春靓丽的少女，平时喜欢逛逛西门町和中环，他是一个酷爱打篮球、玩滑板、跳街舞、耍双截棍的潮流男孩，你们某天在街角的咖啡店相遇了，一见钟情，相爱了，然后你们就在地铁电车上旁若无人地拥吻啊，去迪厅跳舞啊，去富士山下、东京铁塔、布拉格广场、伦敦纽约旅行，几年后你变成了一个都市女白领，他成了西装革履的熟男，突然有一天你发现他出轨了，找了一个可能是白裙飘飘可能是长腿大胸的贱货，你就像个怨妇一样把自己关在房间里痛哭流涕，闻着他的臭袜子，一杯接一杯把自己灌醉，再把雪白的床单被罩都洗干净了在天台上晾干，最后去海边烧了你们所有的信物，微笑着挥手告别。

对于生活在刚刚改革开放二十年的中国的年轻人来说，这实在是太刺激了。原来大城市里的生活是这样的。原来大城市里的男女是这样恋爱的。即便是生活在小县城的年轻人，也能通过一首流行歌曲，获得梦寐以求的都市人的情感体验。

但是谁能想到呢？中国发展太快了。短短十几年间，中国成为了世界第二大经济体，城市化达到了接近百分之六十，珠三角、长三角、京津唐、长株潭等等超级城市群已经和其他国际化大都市相差无几。这是什么概念？就是说，即便是富士康工厂的厂妹，也已经对大都市生活习以为常，并产生了一种所谓的现代人对都市的厌倦感。

对，关键词就是这个，“厌倦感”。

广大人民群众开始厌倦现代都市生活，厌倦密集的高楼大厦，厌倦千篇一律的商场，厌倦早晚高峰，厌倦迪厅KTV夜生活，厌倦密室逃脱狼人杀，厌倦选秀节目，厌倦手机约炮。六亿人共同陷入了物质极大丰富之后的空虚里——当代人的精神生活几乎可以说是没救了。

民谣，不失时机地出现在大众的视野中。

循环重复的和弦分解，（故意）不动声色的低吟浅唱，沧桑悠长的嗓音，漫不经心的吐字，粗粝的唱功，“诗歌一样”的歌词，成功营造一种有别于都市日常生活的疏离感，拯救了急于从社会主义初级阶段的城市病里逃离出去的中青年人群。

就像吃腻了大鱼大肉的人，开始赶时髦去吃那些含有微量毒素的野菜。“简单粗糙”的民谣，成为了产能过剩的市场经济时代的流行音乐。

现场弹唱的hush

有别于光鲜华丽的流行明星，民谣歌手们穿着随意，神情落拓，充满了失意感。他们似乎经历了数不清的故事，去过数不清的地方，和数不清的人发生过数不清的关系，但没有一个地方能真正留住他们。他们渴望离开故乡前往他乡，却又忍不住在他乡的夜晚一再怀念故乡。

无论是故乡，还是他乡，任何一个地名到了民谣里，都不再是原本的样子，而是沾染上了一层淡淡的“诗意”和“文艺气息”，比如“南京”“郑州”“兰州”“成都”“大理”“丽江”“安和桥”“石家庄”“安阳”——当然，民谣歌手绝对不会唱“驻马店”和“铁岭”，《南方姑娘》肯定也不会是盛产假鞋的莆田女孩。因为本来就不够文艺，缺少发挥空间。总之，民谣歌曲往往和现实生活相去甚远，但又能唤起某种依稀的回忆，以及关于“逃离”的憧憬，逃离当下的生活，逃到民谣的词歌里。

不过是因为都没有真正逃离的勇气。

为什么要逃离呢？大城市的生活虽然令人厌倦，可是小地方的生活自己未必能习惯——北上广的Jenny和Mark们，回乡三天就开始忍不住收拾行李箱。逃到哪儿还不都一样得交房租，工作赚钱。买了房买了车有了孩子的人更逃不掉。田园牧歌式的生活固然美，可惜没有学区房。况且，连看似云淡风轻的民谣歌手们都为了赚钱赶场唱到精神崩溃抑郁症，谁又能确保自己真的能够逃离当代生活的藩篱？

即便短暂的逃离也都不尽然美好。好不容易等到了长假，和几万辆车一起堵在高速路上。在每一个似曾相识的古镇里购买共同来自义乌的旅游纪念品，喝四十元一杯的“香飘飘”奶茶。漫步在大理或者丽江的小巷，邂逅了一个美丽的姑娘，相拥着倒在床上时房门被一脚踹开，原来遇上了“仙人跳”。民谣里的诗意和美好，怎么到现实中就荡然无存了？

算来算去，还是和几万人在草地上来一场大型情感共鸣最靠谱。

听听歌就好了。通过听一首歌，想象自己在某一个地方，和某一个人发生一段什么样的故事。这种想象，既富有诗意，也不必付出任何代价，不需要推翻现有的所有东西，甚至不需要面对赤裸裸的现实。

房价已经高得令人头痛，当然不能听撕心裂肺的摇滚乐——扎心，脑仁儿疼。来点民谣吧，有点儿甜美，有点儿哀伤，唱唱姑娘，唱唱远方，无关乎全球政治形势和金融危机，也不要任何普世价值，单纯放松一下被生活和压力折磨的神经。

在别人的故事里流浪一番足矣，掬一把热泪沉沉睡去，第二天又能精神抖擞地爬起来和几百万人一起挤着去上学上班。

27

Everything is an Art Project in the Making

在游走中酝酿萌生的艺术畅想

文Writer_蔡文悠 翻译Translator_申舶良 图片提供Pictures_蔡文悠

蔡文悠，著名艺术家蔡国强长女，生于东京，长于纽约。先后毕业于美国罗德岛设计学院、伦敦金史密斯大学。艺术产品品牌Special Special创始人。自小随父母游遍世界各大美术馆及博物馆。为父亲的展览和爆破现场拍摄的照片曾出现于《纽约时报》《纽约客》等媒体。

在成长过程中，我觉得一切都可以成为艺术。我与爸爸的谈话里常常充满有关我们未来计划的头脑风暴：我们或许可以开一家餐馆，一个精品酒店，一个拉斯维加斯式的赌场，或是一家航空公司。我们会成为航天员，亲手设计自己的航天服。我们游历荷兰、比利时和卢森堡时，偶尔还会想想怎样经营一个小国家：怎样的地形是最理想的，怎样装饰城市景观和办公大楼，街上的人们应该穿什么样的衣服，我们怎样使这座城市更宜于步行和骑自行车，从而提升全民幸福指数。

爸爸很早就向我灌输理查德•布兰森（Richard Branson）的“维珍帝国”（Virgin Empire）理念，这种观念认为我们可以将一种审美应用到一切自己感兴趣的事物之中，并将其称作“我们的所有”。透过机场的大玻璃窗，我们观察不同航空公司的logo，并加以评点。我们说着法国航空和瑞士航空如何通过在logo里加入国旗而显明国家身份，日本航空如何用自己的国鸟来标明自己的祖国，汉莎航空则体现出一种流线型的德国设计美学。我们在想自己的航空公司该采取怎样的logo和设计原则来体现自己。我们想象出有按摩功能的高级座椅，穿着入时的空姐端来米其林星级大厨打造的饭食，乘客们可以在机上享受美甲和美容服务。这将是昂贵的航班。

我从未赶上六十年代的奢华飞行，不过，频繁的飞机旅行已经让我明显注意到航空公司如今都愈发勒紧腰带，青黄不接的美国航班尤其如此，虽然他们主宰着从纽约到全球各大地区的直飞航线。达美航空、美国航空，以及我们长久以来心爱的联合航空（后来与大陆航空合并）都纷纷降低了服务标准，我们常常被丢给这行里脾气最火爆的空乘人员。有一次，飞机升至极寒的高空，空乘人员却拒绝给我毛毯，把我冻到感冒。还有一次，空乘人员估错了日式餐食的数量，气哼哼地把最后剩下的一份餐食递给我，也不管我是最后一个得到服务的乘客。

虽说我在成长中深知一切都是潜在的艺术项目，但从未想过自己会成为一位艺术家。我没有兴趣去创作能在美术馆或画廊中展出的作品。记忆中我最早想做的，是我在日本的家旁边的西饼屋中那个女孩的工作，她挤捏手中的小管，糖霜从中流出，在蛋糕上形成精美的装饰。而后不久，我花了一年时间为一位委内瑞拉摄影师拍照片，她的项目关乎一个孩子眼中的世界，她给了我一台傻瓜相机，还有每周的胶卷费，我就和爸妈一起游走在纽约城中，那是我们来美国的第一年，我拍下自己看到的一切。当时，我觉得自己可以一直这样拍下去。

爸爸与偶像级日本时装设计师三宅一生（Issey Miyake）合作那年，我的想法变了。三宅一生是当代时装界最有影响力的人物之一，他傲视同侪，给予时装更多的可能，他独创的面料为自己的设计创立了新的规则与边界。他是个小个子日本男人，天生有西式的卷发和小胡子。初见他时，他已六十高龄，正忙于自己的几款收山之作，之后便打算宣布退休，不再担任他公司的首席时装设计师和创意总监的职位。1998 年，他和爸爸合作打造“三宅之褶”（Pleats Please）的艺术家系列服装，爸爸在巴黎卡地亚基金会的展览空间将一组象牙色的“三宅之褶”服装在地面排成一条龙形，在这些衣服上泼洒火药，然后引爆它们，使每件褶皱的衣装带上火药爆炸的印痕，犹如抽象的龙。

那一年晚些时候，在一个大选日的寒冷清晨，我上的公立学校因为要被当作投票点而停课，我就去看三宅一生在纽约一个loft 里上演的时装秀，“三宅之褶”最新款火药龙形印花发布时，我就坐在第一排的正中。那是一个全白的空间，中间搭起一个窄窄的T台，覆着塑料膜。人们纷纷与我爸妈打招呼，在成人堆里见到我这个小孩，就都问我是不是逃课来看秀的。一群人揭去T台上的塑料膜，灯光熄灭，音乐响起，舞台灯照着第一位模特从白墙后走出。在我们身后，一大群摄影师噼噼啪啪，拍摄模特们向我们走来，又转身走回，与下一位穿着另一款龙形印花系列服装的女孩擦肩而过。走在台上的女孩全都非常漂亮且高挑。

就在时装秀开始之前，妈妈对爸爸和我说看看这些模特里面有没有眼熟的。当时我们住在NOHO 区的一间新公寓里，我们坐着电梯上上下下，常常遇到模特身材的女子，散发着昂贵、恶臭的香水味。T台上的女孩都很漂亮，但在我看来她们长得都差不多，难分彼此。秀场结束后，三宅带着所有的模特走上台来向大家致意，然后又全都退回到白墙后面。

我们乘出租车回家的路上，妈妈说其中有一两位模特肯定就和我们住在一个楼里，爸爸表示同意。许多年后，我理解了这场时装秀是多么的亲民，在一个二楼的loft空间，而不选择在纽约时装周里到布莱恩公园或林肯中心去搭建华丽的秀场。这也显出三宅在时装界里不折不扣的影响力——他可以全凭自己的主张，做自己的秀场，却总能使满场观众摩肩擦踵，络绎不绝，其中有媒体，有他的崇拜者和支持者，还有那些时装周期间在高端秀场展示作品的设计师同道。

那是爸妈和我第一次出席时装秀，我觉得无比神奇。在那个年纪，我意识到自己领略了纽约的魅力，在之后住在这座城市的十五年间，我将会不时地领略到这种魅力。那些服装芳菲照眼，穿在高挑的模特身上，自在妥帖，她们伴着音乐，步子如此完美，作为一个八岁的孩子，我能想到的描述只有“酷”，这一切让我想去做一名时装设计师，听凭我内心之美的引领，将其与整个世界分享。我想要设计的服装不只满足日常穿着的需要，还要有雕塑感，能表达自己的观念。我毫不介意自己设计的服装是否符合社会对于人们应穿什么的限定。我想创造这个世界上还未有过的衣装，我希望观者云集，都来看我那些轻盈自在的天才之作在高端秀场上亮相。

在接下来的十一年中，我对此依旧爱意不减。三宅很高兴听说自己激发了一棵时装设计界的小苗。他没有子女，在与我爸妈一起用餐时见到我总是很开心，还常常送我礼物。在学校，我穿着无比称身的毛背心，戴着红围巾和帽子，全都来自三宅的品牌；短途旅行时，我带的一款有刺绣的浅蓝挎包也是三宅“装点系列”的作品；在公寓里，我穿着合身的镂空“一块布”（APOC）T 恤和一双袜子悠闲度日。每当爸爸出席三宅的活动，这位设计师总是穿着一件稍显宽大的衣服，脱下来给我爸爸试穿，看是否更合他的身材。爸爸知道，每一次的夹克和背心都好看无比，又全非常合身，这绝不可能是巧合。

身边的大人们都鼓励我去做中国的三宅一生，去成为下一个全球时尚偶像。虽说在生活中有这么多支持和鼓励，学校的同龄人却使我的心中充满阴影。时装周后两个月，全班同学进行校外考察时经过三宅一生在SOHO区的“三宅之褶”专卖店。我指着橱窗中的火药龙形印花，对同学们说这是我爸爸的设计，大家全都大笑，说好丑。有两个我还拿她们当朋友的女孩说她们也能做成那样，让小狗在衣服上拉屎，或是穿着脏鞋在面料上踩踩就成。我觉得自己受了极大的侮辱，却又没办法得体地回嘴，发现还是弱弱地笑笑，对她们表示赞同来得更容易，然后扭过头去，装作在看那些过往的店铺橱窗，努力不让眼泪流出来。

NYC Buildings
Work Permit Department of Buildings

我有两个同学总是穿得特别时尚。一个女孩的妈妈是个金发模特，每次来学校送女儿时总穿着高跟鞋，画着浓妆，还有一杯咖啡在手。另一个是一位荷兰花商与一位印尼潮人的女儿，父母一有空就去周游世界。他们身上华丽丽的光环总让我感到自惭形秽，使我在学校不敢说出自己对于时装的兴趣，因为我平时身上穿的都是妈妈买给我的“老海军”（OLD NAVY）这路品牌，他们穿的却是由时装设计师操刀的童装。此外，那个荷兰女孩已经宣布过她要成为一名时装设计师或是超模，因此我没法步她后尘说我也想当个时装设计师。我只好和同学们说我还没想好将来要做什么，并使自己在教室里显得默默无闻，私下的想法却是：不要着急，有一天我会一鸣惊人。

而同时，我在晚宴和展览开幕式上与大人们打成一片，像个小大人一样，对他们大谈特谈自己的当代时装理论。十五岁那年的暑假，我和爸爸一起去了爱丁堡，爸爸在那里的水果市场画廊（Fruitmarket Gallery）做展览，英国和其他欧洲艺术圈的各色人等纷纷来出席开幕式。我在开幕酒会上认识了挪威航运大亨托马斯与他做过模特的妻子。他是1994年奥斯陆冬奥会开幕式的核心导演团队的一员。几个月前，他曾邀请我爸爸沿北欧的海岸航行一周，游访小小的村庄，考虑在那些人烟稀少的地带进行焰火表演，那里有些小镇的总人口还不到十人。爸爸回来后对我说过那些村中的孩子每天需要翻山越岭到学校上学。

托马斯既有冒险精神，又富文化素养，他喜欢和我聊天，所以我对他讲了我想成为时装设计师的梦想，还说了我对独立于社会思潮的概念衣装的爱好。他对我说，他有个朋友是学哲学的，后来却成了一个成功的企业家，还说在他认识的人中，有些最有意思、最富创造力的人物在大学里学的都不是与他们后来的工作相关的专业，而是接受了全面的人文教育（Liberal Arts），因此获得一种独特的视角，用于他们的艺术、舞蹈、音乐或是实业。我手中捧着一杯香槟，因他的想法而着迷，我开始觉得或许自己将来不该去时装学院，而该去学习哲学或社会学。被无数次地灌输过时装界的竞争如何激烈后，我想，如果我学习过社会运行的规律，深入了解过人类的处境，就可以通过服装设计来更好地服务于这个世界，我的社会贡献也将带给我更大的竞争优势。

经过与托马斯一席谈，我开始逢人便信誓旦旦地诉说自己学习哲学、文学、社会学或人类学的宏图大愿。我当然没有马上去钻研哲学著作，但在接下来的那个月，我发现自己在伦敦的晚宴上对着身旁的宾客（一位国际级的美发店及美发产品大亨）胡说八道，大谈哲学。我说的内容如下：“我渴望成为一名时装设计师，但首先，我要上大学去学习哲学或人类学，这样我便能有一种新鲜的视角，打造创新概念的时装。我这样应该不会和这行中的任何人发生审美抑或概念上的冲突……或者，我的时装很大程度上出于一种艺术化的视角，我做所有别的事时亦复如此，在我的设计生涯中，我最不想做的就是迎合市场潮流、卖得好的服装。”

选自文集《可不可以不艺术》，有部分删改。

The God of Small Things: A Sunbeam Lent to Them Too Briefly

《微物之神》：赐予他们的，稍纵即逝的阳光

文Writer_佩三

《微物之神》写于十年前，是阿兰达蒂·洛伊的第一部小说，也是这部小说，让她成为首位获得布克奖的印度籍作家。这部极具自传色彩的小说，不仅记录下了洛伊的挣扎，也记录了印度后殖民时期的迷惘与痛苦。

故事始于一场油漆味儿的葬礼。

夏季的印度有一种浮躁的闷热，时间像倒在桌上的胶水，缓慢流动。在小镇阿耶门莲的一座刚上了黄色油漆的老教堂里，神父和教友们聚集在黄铜把手的棺材周围。九岁的苏菲默尔安静地躺在棺材中，她穿黄色的喇叭裤，手里拿着英国制造的时髦手袋，在身着纱丽的妇女们撕心裂肺的哭喊声中，她被抬到了教堂后的小墓园。她的墓碑上写着："赐予我们的，稍纵即逝的阳光。"

在印度，还有着很多这样的葬礼，人们穿着传统的服装，戴着传统的饰品，却在"尘归尘，土归土"的祷告中送走他们的亲人。

这便是《微物之神》中的印度，人们穿着喇叭裤，喷着古龙水，将头发擦得油光铿亮，喝着咖啡和汽水，喜欢菲茨杰拉德，喜欢《了不起的盖茨比》，午后窝在家中看NBA篮球赛，周末虔诚地在教堂做礼拜，将那些留英归来的、拿到英国国籍的印度人，视为最尊贵的客人。

但即便是这种对英国愚忠般的狂热，却也无法让他们摆脱传统思维的禁锢。

他们一边虔诚地追求着英式的潇洒与自由，一边将与所谓贱民接触的女人看作是娼妇，将"不想成为女人"看作是一种堕落的言论。贱民的父母甚至提出处死自己的儿子，向对他们施恩的贵族家庭谢罪。作为亲英派的基督教家族，他们一边信奉着主的仁慈与宽容，一边勾结警员，将下等种姓的奴仆活活打死。

阿慕是故事悲剧的核心，她出身阿耶门莲最高贵的亲英派基督教家族，父亲是大英帝国时期的昆虫学家，也是一位典型的"后殖民印度绅士"，他总是拿着一块英式金怀表，用英式的银梳子，身上总有古龙水的味道，领带系得工整细致，看英文书籍，学识渊博。英国绅士的装扮是他外在的身份标识。他有着一副英国绅士的外壳，彬彬有礼，温和可亲，内在却还是坚定的印度传统思想。

只要涉及种姓，涉及父权，涉及传统，他们风度翩翩的脸上便会现出獠牙。

阿慕的英国籍丈夫试图让她委身自己的老板，以保全自己的工作，阿慕因此与丈夫离婚。但当阿慕的父亲听到了她离婚的原因，却选择了怀疑。他不相信一位英国绅士会有这样无耻的想法，甚至怀疑起自己的女儿。接受过良好教育的他，也同大部分普通印度人一样，认为嫁出去的女性在家族中是没有任何地位的，而阿慕这样出嫁后又离婚回到家中的女性，甚至是他的耻辱。父亲对阿慕恶言相向，这让她成为了“有家的孤儿”。

之后阿慕与来自最底层的贱民维鲁沙相爱，将他看作生命中的微物之神。不像是万人敬仰供奉的神明，微物之神是高压的生活中，轻柔温和的神，它只能给人短暂的轻松，暗地里的自由，却无法给人庇护。就像阿慕与维鲁沙跨越种姓的感情，是她在等级制度严格的阿耶门莲，唯一感受到的自由。但当他们的事情被发现，维鲁沙被私刑暴力处死，阿慕孤独病死在无人的小旅馆。

作者：[印度] 阿兰达蒂·洛伊
出版社：上海文艺出版社
原作名：*The God of Small Things*
译者：吴美真

就像洛伊在一次访谈中说道：“从很多方面来讲，这都是一个美丽的国家，有着许多惊奇，也有很多丑陋。”惊奇的，也许是明艳的纱丽、黑罗望子佐料的鱼、老式的热甜酒，是文化和风情；而丑陋的，是禁止穿用衣物遮蔽上身的帕拉凡阶级，是旧秩序。在这段殖民历史中，遗憾的是前者的丢失，和对于后者的无能为力。

殖民者打开了这个曾经密封的社会，冲击了原有的生活方式。但对于旧的社会秩序，却只是带来一场冲刷泥土的暴雨，等级制度、性别意识这些埋藏在深处的观念，并没有改变。就如罗伊笔下的小镇阿耶门莲，人们用不同的舶来之物装扮自己，像是英式金怀表、画着英国城堡的饼干罐、炸薯条和香草冰淇淋、基督教和马克思，但却还是遮盖不住内心的守旧与懦弱。

表面上，阿耶门莲的人们，和已经消亡的英属印度，其实存在着一种斯德哥尔摩式的关系：受害者对施暴者的畸形的爱慕。殖民者改变了阿耶门莲，阿耶门莲的人憎恨殖民者的掠夺，也痛心他们失去的文化，但在一定程度上，他们又享受着这种改变，接受着西式的生活，憧憬殖民者所在的阶级。殖民者的到来，也给了这个等级森严的社会，一丝改变的余地。“婆罗门”不再是唯一的贵族阶级，更多的人留英归来，成为了新的“后殖民绅士”，成为讲英语、喝咖啡、穿西装的新贵族。如果不是殖民者的到来，如果不是西方文化的冲击，他们无法拥有更好的生活。阿耶门莲外在的恨，所掩藏的是内在的爱。

而真正的斯德哥尔摩关系，发生在印度内部，让人既爱又恨的，是印度老旧的传统。殖民者是带来破坏的强盗，但也是打开牢笼的人。西方文化的强制输出，让部分人意识到传统阶级制度的局限，但由于习惯，由于对所谓历史的忠诚，他们无法抛弃这样的制度。他们爱着带有封建色彩的传统，因为这是他们自童年起就灌输于心的观念，是故乡的一部分，无论好坏，人们对故乡都有着一种宽容到几乎盲目的情感。但也正是这样认亲不认理的维护，让他们成为了被故乡落后传统与道德绑架、情感挟持的囚徒。无论是书中的阿耶门莲，还是现实中后殖民时期的印度，对于故乡的爱和顺从，让他们失去理智与判断，对向他们施暴的等级制度俯首帖耳。

就像阿慕与维鲁沙被人唾弃的爱，就像葬礼上穿着纱丽的妇女们，他们无法在更大的世界中奔跑，无法放肆、嚣张地追求自由，只能在微物之中寻找爱恨与解脱。他们在西式的外壳之下，在等级制度的控制之下，把情感寄托在小而细致的世界里。微物之神，是微不足道、细小的、破碎的，是那些被遗忘的、被忽视的，却又隔靴搔痒般哀求着爱与怜悯的神。

它悄然包裹着每一个人，就像是葬礼上若有若无的油漆味。

SURE STATIONERS-KABALE
SURE STATIONERS-KABALE

Tel Aviv, the City without Danger
特拉维夫是安全的地方

文Writer_栏灯

“特拉维夫是安全的地方，你可以放心地来，至于好不好看么，”在乌干达的酒店大堂里，这个服过两年强制兵役的年轻女人看着我，“我觉得不。”

在此之前，我们谈了些耶路撒冷的局势。外面的人看来是一如既往地纷乱，真正定居下来的人反倒习以为常，或者，是没什么不能是平常的。“约旦河西岸”的叫法在她听来，仍要反应一会儿才能明了。

“你是说和巴勒斯坦的矛盾？”她竟似要唠起家常，“那些都是政府间的事，真有巴勒斯坦人会自发地扛起火箭筒面向这边吗，我觉得不一定。”

我恍惚间想起在英国高中的历史课堂上，韩国人提起的“内战”，在英国人的理解中是不分南北的“韩国战争”，而在我，是“抗美援朝”。我尚未厘清这其中的差异，班里的某个越南人又提起了“中越战争”。我意识到他是指“对越反击战”，我们为此争吵到旁若无人的境地，导致之后校内所有的越南人对中秋节产生了抵制，要大张旗鼓地在同一天庆祝他们的“月亮节”。

在我闭口不言心有旁骛的短暂时间里，面前的年轻女人生了困意，勉强直视着我。她提议出门走走，感受乌干达这个非洲国家热烈的荒诞。我对她的困倦心有愧疚，也觉得是该趁日落前找个能持续闲谈的馆子，便欣然同往。

“你看当地人的食物，衣着，城里的这些建筑，很难想象不久之前还被英国殖民了不短的时间。”我们在驶往坎帕拉市区的车上，她应是有感而发。乌干达是不出名的高原，早晚宜穿长袖，当地的男人们却多见西装革履的装扮，一丝不苟的模样像极了英国人的传统。但定睛细看，能看到大多数人的衬衫领子已被多日连绵不断的汗水浸黄，打着皱，仅仅被领带禁锢着，呈现出还算可观的样子。

车停在了一个加油站边接上了下一波乘客，不知从哪里来的军警猛地抢了上来，和司机激烈地争执着什么，大意是这里不允许停车，要么罚款，要么一起去警局。双方一时争执不下，我暗示那个年轻女人和我下车步行。

踏在只市内才有的柏油路上，热浪清晰地袭来，拍打着衣服，汗水成了肌肤与布料的夹层，随着行走的韵律四散蒸腾开去。年轻女人用纸巾擦着脸颊上的汗，饶有兴致地看着十字路口处正在高声传道的牧师，高举着圣经，口若悬河，神情激昂，左手快速地舞动着，仿佛空气是种可被搅动的实体。络绎的人群被热浪驱赶着无心聆听，那个牧师也看似进入了自言自语般的欣喜若狂中。四周黄褐色的建筑物上挂着用油漆刷出的标识，反射着下午三点多的阳光，使人目迷，分不清这应是现实，或仅是现实的一种假象。

当一群小学生与我们擦肩而过时，年轻女人用仅有我能听见的声音说，“他们的校服也是英国样式的。”西装上衣、短裤、黑色皮鞋。

NO MORE HIDING
CONMAN
Register your SIM card today
and stop mobile phone crime.

“买不齐校服是不让上课的。”我笑着对她说，让她因此收获了不小的惊讶。

英国人走了，刻板的不仅仅是印象，还有沿用不尽的影响。

至我们驻足饮茶时，已近黄昏。

背包客们在草坪上扎了帐篷，一位年轻人背着吉他来与我们攀谈，述着他对这片地方的痴迷。生活于他不再需要加州般的意义，他在这里找到了自我，或是本我。他点起叶子卷，深深吸了一口，片刻后缓缓呼出，哼起不知名的曲调，从我们身旁走开，青草味弥漫。

“西方人喜住草坪，旅社的房间大都空着，便宜，而且感官上更非洲。”她说。

我觉得那是自我放逐，自认为的放逐，埃里•维赛尔式的腔调，以陌生的视角审视熟悉的事，再用熟悉的事来异化自我。“我情愿住酒店房间里，得先习惯于自身的习惯，才能看得真切。”我略为反驳。她侧了侧身子，并无回复，举手示意侍者，点了非洲茶。

两个杯子，两小壶奶，姜味辛烈，入口时甜得厚重，另一桌的客人刚走，盘子里剩着鸡肉，落日后的院子里点起了几盏煤油灯，光因帐篷的交错而斑驳。

她继续着之前的某个话题讲着，我没太在意，只似有若无地应着，想到可以邀她去北京，一个不被殖民过也不愿殖民别处的城市，但却想不出怎样开口。

“乌干达的城市是在应付中建成的，没太多沙漠，没那么热，充裕的水，人民依然贫穷。”她说。

“在应付什么？”

“应付人们对非洲的期待，她就该是现在这般，过去这般，未来这般。”

我问哪个城市不是此般的应付。

“特拉维夫不是，它是将人的意志强加于土地，在地图上撕开个口子，塞进了犹太人。”她的眼神里透出一丝无可奈何的愤慨与忧愁，交织在一起，让我不再能轻易体味她语气背后的真实感受。

想到拉宾和阿拉法特世纪性的握手，到现在也只剩下了时代感，其影响已支离破碎到无人问津。我想说北京也是，被撕开了更多的口子，却让所有人避而远之，而口子太多，能躲避的地方太少，如果以色列是因为不得已，在荒沙上建国，那我们就是在城市下面堆砌着沙漠。然而最终说出口的却是：“北京也不尽如人意。”

她看起来像是替我微笑着，随后说道：“北京至少没有打不完的仗。”

“我们似乎都不太满意自己的城市，住的时间长了会厌倦，也会忘不掉，忘不掉那种厌倦，而这最正常不过了。”说罢，我喝光了杯中茶，喉咙里一阵辛辣，浑身轻松不已。坎帕拉式的黄昏，巨大的落日，起了风。

“你看那个人，”她望向不远处倚着走廊抽烟的男人，“他在帐篷里住了两年了，是这块草坪上最资深的租客。”

我在惊讶的同时，看到他下巴四周浓密的深棕色胡须，素色的衣物简单包裹着羸瘦的身形，宛若圣经中被放逐至荒野的耶稣。

“他来自哪里？”我问。

“英国。”她说。

01 日本 阿倍野HARUKAS美术馆

吉卜力立体建造物展

展期：2017.12.02-2018.02.05
票务：约146-211元

著名的日本动画制作公司吉卜力从1985年创立时起，发表了一系列影响世界的动画电影。吉卜力电影中登场的建筑，虽是架空设计但也参考很多现实中的建筑模型。

这次的展览从《风之谷》到《回忆中的玛尼》，请来了建筑家藤森照信作为监修，公开了多达四百五十件的建筑物背景画和制作资料，更有立体模型展示，创造了一个从故事中走出来的现实世界。

03 上海 昊美术馆

见者的书信——约瑟夫·博伊斯x白南准

展期：2018.1.18-2018.03.07
票务：待定

展览名“见者的书信/Lettres du Voyant” 源自于十九世纪法国著名诗人、象征主义诗歌代表人物阿尔蒂尔·兰波的著作《见者的书信》（也译作“预见者通信”）。在兰波的诗歌中，“见者”是指着眼现在又能预知未来的能士，他们可以看见别人看不见的未知世界的东西，也培育了比别人更为丰富的灵魂。约瑟夫·博伊斯代表着西方当代艺术最具探索性的艺术取向，白南准则是东方文明于当代艺术领域的杰出代表，他们的作品自足于当时的语境与个人的经历，却也同时达到了未知潮流的引领与超前预言的探索。而“书信”则象征着两位艺术家作品中千丝万缕的联系和在激浪派运动中积攒的深情厚谊。

02 北京 无用空间

不忘来时路——中国百年鞋履展

展期：2017.10.28-2018.04.16
票务：免费

2017年的夏日，“无用”展开了又一场田野调研，他们的足迹远至甘肃、山西、河南，总行程近三千公里，只为在深秋开启一扇让中国人寻回往日鞋履的记忆之门。

手作的鞋履本该是日常生活中最为熟悉的事物，在这个匆忙的时代却早已被人遗忘。当一双双饱含着故事的鞋履在无用空间素朴空灵的展厅中再次呈现，它们将会以让人惊艳而又陌生的方式回到眼前。

04 英国 大英图书馆

哈利·波特二十周年纪念展

展期：2017.10.20-2018.02.28
票务：成人16英镑

为纪念《哈利•波特》系列小说的第一部《哈利•波特与魔法石》出版二十周年，大英图书馆将推出哈利•波特魔法世界专题展览。本次展览将会展出上百件展品，包括小说作者J.K.罗琳的手稿、出版商布卢姆斯伯里出版社的档案材料，以及大英图书馆馆藏的部分古代魔法书籍、手稿和文物。展厅将会分别以霍格沃茨的不同课程为背景设计，其中包括黑魔法防御术、魔药学以及占卜学。

大英图书馆文化学习部负责人杰米•安德鲁斯表示："大英图书馆可谓办这个展览的首选之地，我们是故事之家，紧邻着国王十字车站的9¾站台 ，同时又拥有世界上最多的关于魔法的收藏。"

05 法国 法国路易威登基金会

保持现代——MoMA在巴黎

展期：2017.10.11-2018.03.05
票务：免费

本次展出的二百多件作品均为MoMA从1929年建馆以来的藏品，这也是MoMA第一次在海外大规模地展出其收藏。路易威登基金会艺术总监苏珊•巴杰解释了展览的初衷："本基金会的两大任务是收藏和展览。当代艺术从现代艺术历史中汲取养分，因此我们不能忘记历史，同时着眼于当下最'新'的艺术创作。"从十九世纪末至二十世纪初期诞生的现代艺术直到近来最新潮的数字艺术，这场持续五个月之久的展览为法国乃至欧洲艺术爱好者们带来一次难能可贵的机会，一睹纽约艺术风貌的"现代性"。

RECRUIT

▲

欢迎加入「Naive小様」，招募详情请关注官方微信：san _mag

策划推广：北京叁三文化传媒有限公司
投稿邮箱：magazine@naivexy.com
微信订阅号：san_mag　微博：NAIVE 小样